나를 키워 준 시골
풀꽃나무 이야기

풀꽃나무하고 놀던 나날

숲하루 지음

스토리닷

목차

ㄱ

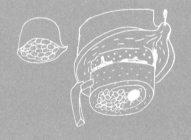

풀꽃나무한테 고맙다고 꾸벅 절을 합니다

어릴 적 내 몸은 풀잎처럼 여렸어요. 그런데 어른이 된 뒤로 힘이 들 때마다, 풀잎처럼 여린 몸으로 뛰놀던 금성산과 내성천은 나를 버티어 준 바탕이었어요. 꿈은 시골이나 멧골이 아닌 도시에 있다고 여겨서, 두멧골을 떠나 도시로 가서 헤매일 적에도, 나는 언제나 어릴 적 여린 몸으로 올려다보던 파란하늘과 붉은노을을 잊지 못했어요.

도시에서 살며 몸하고 마음이 너무 아프고 괴로울 적마다, 도시에서 가까운 뒷산을 올랐어요. 꿈은 도시에 있다고 여기며 바쁘게 살아가면서 잊어버릴 뻔한 들꽃과 들풀은 반가운 동무 같았어요. 작은 들꽃마다 제 이름이 있고, 속마음이 있고, 햇빛과 별빛 사이에서 꿈을 키워 왔다고 뒤늦게 깨달았어요. 이따금 노을 무렵 커다란 느티나무를 만나면, 흙으로 돌아간 아버지와 할아버지가 생각나서 울컥합니다.

아득하지만, 어쩌면 오히려 가까운 듯한 그 옛날 내 작은 마음을 키워 준 멧골과 개울처럼, 논두렁에 핀 살살 춤추는 꽃을, 나물 한 줌을, 나무 한 그루를 어쩐지 잊을 수가 없어요.

이 책에 담은 이야기는 어린 날 보았던 들꽃과 들풀이 소곤거리던 자그마한 수다입니다. 밤하늘 별빛이 들녘에 쏟아지던 지나간 이야기랍니다. 다만, 지나간 이야기라지만 고작 서른 해나 마흔 해밖에 안 지난, 가까운 어제 이야기랍니다. 오늘 이 도시 대구에서 눈을 감으면 선하게 떠오르는, 여우비와 구름과 바람 소리가 맴돌아요. 어린 아이를 살려준 고마운 숨결을 모아, 풀꽃나무한테 고맙다고 꾸벅 절을 합니다. 사랑합니다. 나한테 사랑을 알려준 들꽃이며 풀꽃을 그립니다. 그래서 나는 나한테 '숲하루'라는 자그마한 글이름을 지어 주었습니다. 숲은 큰나무뿐 아니라 작은 들꽃을 고루 품어 주거든요.

2022 가을

숲하루(김정화) 올림.

ㄱ

가는잎그늘잔디

참나무 곁을 지나가다 가는잎그늘잔디 앞에서 멈춘다. 손으로 만지니 보드랍다. 서리 내린 뒤에도 홀로 푸르게 자라던 풀이다. 여느 풀이지만 푸르기에 눈길이 쏠린다. 보드라운 잎이지만 참 질기다.

어릴 적 일인데, 마을을 막 벗어나 오뺏골을 오를 적에 앞서간 마을 언니오빠를 따라잡으려고 막 뛴다. 마음은 바쁜데 뛰다가 풀에 걸려 꼬 꾸라진다. 옷도 버리고 손도 따끔한데 윗길에서 보고 낄낄 웃는다. 나는 씩씩거리면서도 누가 한 짓인지 묻지 않았다. 울지도 않고 옷을 털고는 지름길 멧턱을 한숨에 오르려고 도움닫기를 하며 힘차게 뛰어오르면 재 를 넘을 무렵에 따라잡는다.

이 자리에 덫이 있는 줄을 아이들은 안다. 이 재를 넘으며 수레가 다 니자 흙이 파이고 바퀴 자국이 이랑이 되고 흙이 솟은 자리에 풀이 자랐 다. 두 길에 두 쪽으로 풀을 풀끼리 묶는다. 묶는 아이도 뒤에 오는 아이 를 넘어트리려는 마음을 품었다. 풀이 가늘어 잘 묶이고 질겨서 발이 슬 쩍 걸리면 엎어지거나 비틀거리다가 겨우 선다. 나는 이 풀에 걸려 넘어 지면 아주 싫었다.

뺄이 잔뜩 난다. 어느 날 나도 똑같이 하더라. 빨리 가서 묶어 두고 시침을 뗀다. 내가 넘어지면 나쁘고 남이 걸리면 고소하다. 풀은 제 몸 에 걸려 넘어지는 나를 비웃었을까. 내가 묶어서 사이좋게 지내지 못해 얄미워서라도 땅을 더 불끈 붙들고 버티었을 테지.

가뭄

멧허리로 다니던 길이 넓어 보인다. 왼쪽 숲은 잔디나 풀이 자라는 비렁인데 마흔 해 만에 오니 숲으로 우거졌다. 내리막길 밑은 자두밭으로 바뀌고 둘레에 쇠기둥을 꽂았다. 비가 안 와도 물 걱정이 없는 듯하다.

열세 살 적에 마을에 가뭄이 들었다. 비가 오지 않아 논바닥이 쩍쩍 갈라졌다. 손가락이 들어갈 만큼 갈라진 논에 뛰어가다 보면 발끝이 걸려 넘어진다. 비를 내려 달라고 멧님(산신령)한테 비손을 올린다고 사람을 뽑는다.

집안에 크고 작은 일이 없고, 그해에 죽음을 치르지 않은 사람을 둘 뽑았다. 아버지가 뽑혔다. 혼자 멧골에 가서 비손하기가 무섭기에 둘이 같이 간다. 우리 아버지는 빔(한복)이 없어 흰두루마기만 걸친다. 이른 저녁을 먹고 금성산에 갔다. 밤새도록 멧골에 머물며 비손했다.

새벽에 우리 아버지가 내려오자마자 마을에 비가 쏟아졌다. 모두 기뻐했다. 멧골마을이라 하늘만 바라보았다. 하늘이 내려 주는 대로 투덜대지 않고 흙을 짓던 멧골마을인데, 가뭄이 거듭되고 비손으로 비가 내린 뒤로 마을에서는 골짜기마다 둑을 파고 물을 모은다. 학교 가는 길에는 아주 큰 못이 둘 있고, 간지밭에 가는 길에 작은 못이 이쪽저쪽 하나씩 있고, 마을 맨 안쪽 집 위에는 마을에서 가장 크게 물을 가두어 놓고 집마다 땅밑물도 판다. 나는 우리 아버지가 착해서 비손을 들어 주고 비가 내린 듯해서 두고두고 자랑스러웠다.

가재

마을 앞뜰 어귀에 느티나무를 지나 오빳골 재를 덜 가서 아랫마을로 내 따라 논 따라 길이 갈라졌다. 가는 길로 갈라지는 곳에 냇물이 흐른다. 재 너머 골짜기에서 내려오는 물을 만나 아랫마을로 뻗어가는 냇가는 가재가 있는 개울이다.

냇바닥에는 누렇고 검은 돌과 큰돌 작은돌이 있고 물이 떨어지는 곳에 시멘트를 발라 밑쪽에는 작은 뚝이 있다. 물이 넘쳐 흘러가고 뚝으로 논둑과 냇가에서 자라는 산수유가 늘어서니 언제나 그늘이 진다.

마을 언니 오빠 동생하고 씻으러 가거나 가재를 잡으러 뚝을 따라 물길을 거슬러 올라갔다. 아버지 헌 검정고무신을 들고 갔다. 큰돌을 뒤집고 작은 돌을 들춰 가재를 찾는다. 들춰 본 돌은 제자리에 두고 물이 끼에 발이 미끄러지지 않게 비껴 걸었다.

돌 밑 알갱이 돌에 숨는다. 딱딱한 껍데기에 두 집게발이 통통하게 올라오고 더듬이를 내밀며 느릿느릿 바위틈에서 나온다. 가재 허리에 작은 발이 몇씩 있고, 꼬리 가까이에 가로무늬가 있고, 뒤집으면 배를 구부리고 부채처럼 꼬리를 펼친다. 구부린 배를 보면 알갱이를 품은 가재도 있다.

나는 손가락보다 긴 굵고 큰 가재를 두 마리 잡았다. 고무신에 물을 담고 가재를 담아 집에 들고 왔다. 아버지도 몇 마리 잡아서 갖고 오면 어머니는 가재를 부엌 아궁이에 장작을 지필 적에 구우면 바싹했다. 구멍이 송송 난 그릇에 담아 솥에 넣고 찌면 발갛다. 된장을 풀어서 찌개를 끓여서 먹었다.

나는 찌개보다 구운 가재가 맛있었다. 살점보다 단단한 작은 발을 우지직 씹어 먹었다. 구수했다. 가재를 삶은 빛깔은 냇가재나 바닷게가 닮았다. 비가 온 뒤는 개울이 맑고 돌과 개울에 난 풀이 있어 가재가 살기 좋았다. 다리 밑과 뚝 둘레에 사는 가재를 잡느라 집게발에 꽉 물리기도 했다. 그렇지만 우리가 두 집게를 꼭 잡으면 가재는 꼼짝하지 못했다.

여름이면 가재를 잡는다고 엎드려 냇바닥 돌을 샅샅이 뒤지다 보면 보물을 찾는 듯했다. 손하고 발이 하얗게 퉁퉁 불어 맨발로 집까지 걸어오는 동안 가재 잡아 신바람이 났다. 가재는 물밖을 나와 고무신을 타며 삶을 마감하지만, 우리한테는 고맙고 반가웠다. 다만, 가재야, 아이들 소리가 나면 안 잡히는 곳으로 꼭꼭 숨으렴.

가죽나무

가죽나무 잎은 봄인데도 빨갛다. 새싹이어도 붉다. 나는 붉은 가죽나무를 보면 만지기 무섭다. 옻나무와 닮아서 잘못 따면 옻을 옮는다.

아버지도 새싹을 딸 적에 그만 옻을 건드려 팔에 오돌토돌 오르기도 했다. 비 오는 어느 날 아버지가 가죽나무를 한 움큼 따왔다. 어머니는 물에 헹구고 총총 썰어서 고추장에 버무렸다. 아버지 밥상에 올라온 가죽나물은 향긋했지만, 나는 이 냄새가 싫어서 비볐다.

아버지는 맛있다고 느긋하게 잘 드셨다. 새싹이라지만 가죽나무 냄새는 내 입에 맞지 않아 잎을 골라내고 양념 맛에 먹었다. 우리 입에는 맛이 없는데 아버지는 맛있다고 거짓말을 한다고 여겼다. 어른은 아이와 입맛이 다른가.

봄이면 가죽나물을 아버지가 거의 혼자 드셨다. 어느 새싹은 푸르게 돋는데 붉은 가죽나무는 어느 모로 보면 곱구나 싶다. 새봄에 다들 옅푸르게 올라오지만 유난히 붉게, 또는 바알갛게 올라와서 눈에 잘 뜨이는 가죽나무는 온통 푸르기만 한 봄 들판에 알록달록 옷을 입혔는지 모른다.

가죽나물은 처음엔 붉어도 따서 두면 푸른 빛으로 돌아가다가 검푸르게 시든다. 보들보들한 잎이 마르면 억세서 먹지 못하는데, 우리 아버지는 막 올라온 가죽나무 새싹이 몸에 좋다면서 즐겁게 먹었다. 새봄에 몸을 다스리며 들일 밭일을 억척스럽게 하는 밑힘이 되었으려나 하고 돌아본다.

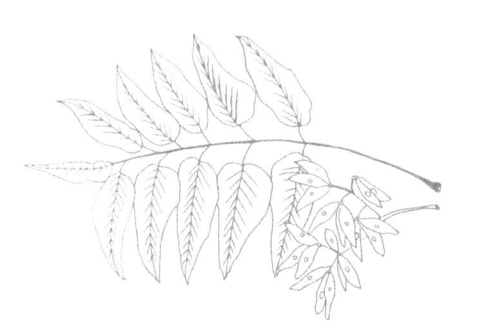

각시붓꽃

구불구불한 팔조령 옛길로 들어온다. 숲에 막 들어서는데 각시붓꽃을 만난다. "각시붓꽃이네." 곁에 다가가 않는다.

꽃잎이 짙으면서 맑은 보랏빛이다. 눈부시다. 보랏빛 바탕에 물감을 하얗게 찍은 듯하다. 하얀 무늬는 마치 꽃이 하나 더 핀 듯하다.

언젠가 멧골에 오르다가 어느 무덤가에서 용담꽃이며 각시붓꽃을 몇 뿌리 캔 적이 있다. 그날 고운 꽃을 우리 집에 옮겨심는다며 들뜨다가 그만 징검다리에서 미끄러져 엉덩이를 세게 찧었다. 멧꽃을 캔 그날 곁님은 자동차를 몰다가 버스를 박았단다. 엉덩방아를 안 찧고, 곁님이 자동차를 몰다가 박지 않았으면 어떠했을까.

문득 멧꽃한테 잘못했다고 깨달았다. 멧골이며 숲에 깃든 꽃 한 송이나 돌멩이 하나조차 함부로 건드리지 말고, 섣불리 데려가지 말아야 하는 줄 뒤늦게 돌아보았다. 고운 꽃은 그곳에 피었기에 곱지 않을까. 씨앗을 맺을 적에 받아서 한 톨을 얻고서 우리 집에 심어도 되지 않았을까.

멧길을 타다가 각시붓꽃을 다시 만날 때면 예전 일이 떠오른다. 들꽃도 풀꽃도 저마다 피어나는 자리에 그대로 있을 적에 곱구나 싶다.

감꽃

젖은 땅을 비끼며 걷다가 바닥에 떨어진 감꽃을 본다. 감꽃도 피었지. 나뭇가지에 달린 감꽃을 하나 딸까 싶어 올려다보니 높다. 나무가 커서 팔이 닿지 않는다. 감나무 밑 싸리 울타리에 감꽃 하나가 떨어져 아슬하게 매달렸다.

바닥에 쪼그려앉아 감꽃을 주워 모아두고 울타리에 걸린 감꽃을 베어문다. 어린날 감꽃이 떠올랐다. 그때 맛이 날까 또 씹었다. 고운 꽃이 살짝 달면서도 떫고 쓰다.

어릴 적에 앞집 뒷담을 넘어온 감나무에 핀 꽃이 우리 골목에 떨어졌다. 팔을 뻗어 감꽃을 빼먹고 떨어진 꽃을 주워먹었다. 감나무는 집집이 있어 골목마다 꽃이 떨어졌다. 아이들과 밭둑으로 다니며 감꽃을 주웠다. 나뭇가지를 꺾어 끼우고 실에도 끼운다. 한쪽으로 끼우며 가위바위보 놀이로 하나씩 빼먹고 내가 꽂아 둔 감꽃에 남은 감꽃을 빼면 잃은 감꽃을 셈했다.

아까워서 한꺼번에 다 먹지 못하고 굵은 실에 끼워 긴 목걸이를 엮어 목에 걸고 틈틈이 빼먹는다. 어릴 적에는 꽃이 우리 주전부리였다. 내가 먹은 주전부리 가운데 가장 곱고 떫었다. 감꽃이라는 떫고 달고 익은 여러 맛을 만났기에 감을 좋아하였다. 감이 감꽃이 지고 한여름을 지나니 토실한 감알이 되었다. 나는 사리 나무를 하나 꺾어 감꽃을 주워 끼운다. 목이 버섯이 자라는 나무 밑둥에 감꽃꼬치를 얹어 두고 내려왔다.

감자

마늘 캘 무렵이면 감자도 캔다. 우리 집은 노란감자하고 자주감자를 심었다. 땅미 재 너머 간지밭 진갓골 논깃새에 돌아가며 심는다. 밭을 쪼개 고추 몇 줄 감자 몇 줄 심는데 감자는 다섯 고랑이나 세 고랑쯤 심었다.

어느 해는 진갓골에 감자를 많이 놓았다. 감자는 다섯 상자나 세 상자가 나왔다. 아버지가 지게 발에 감자를 담고 나른다. 마늘을 걸어 둔 가게 그늘에 감자를 말린다.

나는 감자를 삶아 들로 밭으로 갖다 주는 일을 맡았다. 마늘 가게 밑에 기어들어가 내가 까기 쉬운 감자만 골랐다. 껍질이 시들지 않은 까끌까끌한 감자가 껍질이 잘 벗겨진다. 떫은맛이 나는 자주감자도 깎는다. 햇볕이 뜨겁게 내리쬐는 샘에 걸터앉아 숟가락으로 쓱쓱 긁는다.

자주감자는 눈이 많아 눈을 후벼파도 잘 안 빠진다. 껍질도 잘 벗겨지지 않아 나중에는 자주감자만 남았다. 감자 깎는 칼이라곤 부엌칼과 숟가락이니 긁다가 내 손바닥을 긁기도 한다. 열두 살 어린 손으로 감자를 고르고 깎기는 벅찼지만 애어른 따지지 않고 일손을 거든다.

감자를 깎은 껍질과 흙물은 거름에 쏟아붓고 물에 헹군 뒤 가마솥에 넣고 불을 땐다. 어머니가 알려준 대로 소금하고 삼성당으로 간을 맞추었다. 헌 공책이나 일력을 뜯어 뭉쳐서 불을 붙이고 솔가지를 넣고 입김을 불어 불을 붙인다. 할아버지 드실 감자를 한 그릇 따로 담고 큰 양푼이에 담는다. 솥에 물을 한 바가지 붓고 수세미로 닦은 뒤 바가지로 물을 퍼내고 행주로 물기를 닦아내었다.

　감자를 보자기에 싸서 산을 하나 넘고 밭에 닿으면 어머니 아버지
는 감자 잘 삶아 타박타박하다고 한다. 어머니 아버지는 쉬지도 않고 일
하고 새참을 갖고 오기를 기다린다는 생각에 그 먼 멧허리를 걸어가는
길이 힘들지만은 않았다. 우리는 감자로 찌개하고 볶고 삶아서 물리도
록 먹는다. 캄캄한 땅속에서 알알이 잘 영글어 주렁주렁 달고 나온 감자
는 저를 먹으면서 둥글둥글하게 타박하게 살기를 바라겠지.

개나리

우리 마을에서는 개나리를 '이애'라고 했다. 개나리는 잎보다 꽃이 먼저 핀다. 옥이네 뒷산 밭으로 가는데, 산꼭대기에 여우가 파먹는 무덤이 있었다. 그곳을 지나 점낫골 못 가기 앞서 우리가 부치는 밭이 있고 도랑 따라 개나리꽃이 활짝 피면 멧골이 온통 노랗게 물든다.

개나리 나무가 넝쿨이 커서 어른보다 더 자랐다. 가을이면 씨앗이 주렁주렁 열렸다. 열매가 흙빛으로 익으면 주둥이가 쩍 벌어지고 씨가 나왔다. 껍질이 저절로 벌어지기 앞서 씨앗을 땄다. 비닐을 바닥에 깔고 작대기로 때렸다. 잔가지를 주워내고 열매를 통째로 면자루에 한 말씩 담아 장날 작약 같은 한약재 파는 집에 팔았다.

우리 마을은 경북 의성군 사곡면인데 풀이 자라지 않는 등성이 길이다. 밟으면 뭉개 으스러지는 비렁길과 도랑 둑에 개나리가 뭉쳐 자랐다. 우리 마을에 자라던 개나리와 도시에 사는 개나리는 씨앗이 다르지 싶다. 도시 개나리나 요즘 숲에서 보는 개나리나무에는 열매가 거의 없다.

어린 날 개나리 열매를 맨손으로 껍질째 만져서 그런가. 나는 얼굴이나 팔에 여드름은 나지 않았다. 작대기에 맞은 개나리는 그렇게 두들겨맞고도 우리한테 먼저 푸른 내음을 내주었다. 나뭇가지는 엉키고 열매는 작으니 매를 맞나. 봄을 가장 먼저 알려주고, 씨앗을 아무 때나 떨구지 않고, 움켜쥐고 매를 맞고도 우리한테 씨앗을 품은 껍질로 자취를 주는 개나리 마음일까.

개복사나무

열네 살에 멧산을 둘 넘고 배움터에 다녔다. 집으로 돌아오는 등성이 무덤가 잔디밭을 따라 걷다가 살짝 쉬면서 숨을 고른다. 멧골과 멧골 사이쯤에 복숭아나무가 있었다. 비렁길에 쉬면 복숭아가 바로 보였다.

군침이 돌았다. 똘기 때부터 눈길이 갔다. 자두보다 조금 굵은 푸른 복숭아에 하얗게 털이 붙었다. 옷에 쓱쓱 닦고 한입 깨물어 맛보지만 쓰다. 먹지 못하는 개복숭아이다. 맨손으로 만지고 옷에 털이 묻어 몸이 가려웠다. 우리 마을에서는 본 적이 없는 열매이다.

어머니가 가끔 사 오는 복숭아 통조림만 먹었다. 절인 복숭아는 부드럽고 걸쭉한 물은 달았다. 우리는 복숭아 열매보다 통조림으로 복숭아를 맛본 셈이다. 이제 나무로 땔감을 쓰지 않으니 마을 앞산 뒷산 깊은 골짜기에 복사꽃이 활짝 피었다. 사람 손길 없이도 자라 저절로 열매를 맺는다. 어린 날부터 그 자리에 있던 나무이지 싶은데, 땔감을 하느라 복숭아는 구경하지 못했다.

큰오빠가 군대 간 뒤로 복숭아 통조림을 맛보다가, 어머니는 이웃 탑리 사람한테 흠이 난 복숭아를 얻어 설탕을 넣고 푹 삶는다. 시원하게 두고 여름에 밭일하면서 새참으로 먹는다. 열매보다 꽃이 예쁜 나무, 아침길에 내 눈길을 따갑도록 받았을 열매이다. 좀 자라면 따먹으려고 가을이 될 때까지 참지 못하고 따먹느라 털한테 혼만 났다. 내게 참는 길을 알려준 나무일까. 발갛게 익기는 할까.

고구마꽃

한가위가 다가올 무렵이면 앞산밭에서 고구마를 캤다. 아버지가 낫으로 줄기를 걷어 한쪽으로 모으면 우리는 뽑힌 고구마는 줍고 흙에 남은 고구마는 호미로 살살 캤다. 고구마가 깊이 박혔는데 흙을 깊이 안 파고 힘으로 당기다가 똑 부러지거나, 호미에 찍혀 흠을 냈다.

고구마를 다 캐고 어머니는 반찬 한다며 고구마 줄기를 땄다. 고구마를 캐서 앞산을 내려오는 길은 신난다. 내리막길이 이어져 다다다 이리저리 떠밀리다가 멈추면서 내려왔다. 캔 고구마는 자루째로 할아버지가 주무시는 윗목에 둔다. 겨울밤이면 뒷방에서 아버지 어머니는 가마니를 짜고 새끼줄을 꼰다. 나는 아버지한테 물어서 새끼줄을 꽈 보지만, 두 손으로 비벼도 짚이 잘 꼬이지 않자 싫증 내고 뒷방에 간다.

아버지가 짜는 가마니를 돕는다고 걸어 놓은 돌을 넘겨주고 고리에 짚을 걸어주었다. 밤이 깊어 갈 무렵이면 어머니는 배추뿌리를 씻어 주고 고구마도 깎는다. 날것으로 깨물면 천둥소리가 난다.

소죽 끓인 불씨에 고구마를 묻어 두다가 새까맣게 타기도 하지만 속은 노릿하다. 군고구마를 먹으면 우리 입술은 까맣다. 어린 날에는 타박한 밤고구마가 호박고구마보다 맛있었다. 고구마꽃은 나팔꽃처럼 귀를 열고 바람소리 듣고 흙이 숨쉬는 소리도 듣고 밭둑에 있는 감과 자두 익어가는 소리도 듣고 새소리하고 숲노래를 들려주었다. 고구마가 주렁주렁 열리라고 나팔꽃으로 노래했을까. 고구마는 땅 밖으로 나올 적에 사람처럼 바깥바람을 느낄는지 몰라. 방구석 자루가 땅속인 줄 알려나.

고욤

고욤나무는 나뭇가지가 높아 어린 우리는 좀처럼 손이 닿지 않는다. 고욤은 겨울이면 빼놓을 수 없는 우리 새참이다. 열매가 은행알만큼 작은데, 빛깔이 짙으면 더 달다. 작은 열매는 씨로 가득하고, 이 씨는 납작하고 굵다. 하나씩 입에 넣고 오물오물 빨아들인 다음에 휙 날린다. 말랑하고 빛깔이 검붉으면 하나씩 따먹었다.

가지를 꺾어 겨울날 빈 방에 넣어 두면 고욤도 꽁꽁 얼어 씨가 달라붙으니 깨물어 먹는다. 어머니는 가을에 고욤을 낫으로 베어 단지에 담아 꼭 묶어 둔다. 한참 지나 뚜껑을 열면 쫀득하고 조청같이 달아 한 숟가락씩 떠먹는다.

우리는 겨울에 간식으로 고욤하고 김치하고 배추 뿌리와 고구마를 먹는다. 감처럼 고욤도 많이 먹으면 똥구멍이 막힌다고 했다. 우리 집은 이웃마을 불래에 고욤나무가 있었다. 고욤나무에 감나무를 꺾어서 가지를 붙이면 감이 열렸다. 큰 고욤나무 에 작은 열매가 주렁주렁 맺으니 감나무가 되면 고욤 몇 곱이나 커다란 감을 먹겠지.

감나무 가지 하나로 어떻게 고욤나무 감이 열릴까. 한 나무 가운데 밑에는 감이 열리고 위에는 고욤이 열릴까. 둘이었던 나무를 하나로 붙이니 새롭게 자라서 굵고 푸짐하게 열매를 쉽게 맺는지도.

고추

고추꽃이 핀 자리에 고추가 자란다. 납작하던 노란 씨앗이 고추를 주렁 주렁 달고 나왔다. 어린 날에 빨갛게 말린 고추를 가위로 배를 갈아 씨 앗을 뺐다. 아버지는 물에 불려 수건에 싸서 싹을 틔웠다. 설이 다가올 무렵이면 싹을 붓는다. 사월이면 한 포기씩 옮겨 심었다가 다시 밭에 심 는데, 고추가 자라도 고추 열매는 잘 열리지 않았다.

씨앗집에서 파는 씨앗은 어쩐지 고추가 잘 열렸다. 어머니는 우리 보다 고추를 아기 다루듯 돌보았다. 씨앗에서 자란 고추를 그루갈이 했 다. 수북하게 모여 자란 고추를 뽑아서 하나씩 다시 심었다. 작은 그릇 에 뿌릴 적에는 뿌리가 꽉 차도록 키웠다. 밭에 옮겨 심고 때를 맞추어 마름앓이에 걸리지 않게 약을 치면 큼직하게 자랐다.

우리는 여름이면 고추밭 골을 한 줄씩 맡았다. 엎드리기도 하고 쪼 그리고 앉아서 빨간 고추를 땄다. 나무를 잡고 고추를 따야 하는데 한 손으로 따면 고추가 부러졌다. 어머니에게 들키지 않으려고 부러진 고 추를 고추나무 사이에 숨겼다. 따기 싫으면 풋고추를 따기도 했다.

비료 자루를 하나 채우고서야 어머니는 머리에 이고 아버지는 소 등에 싣고 또 지게에 지고 등짐을 날랐다. 고추는 아이 같았다. 씨앗이 자라 고추가 열리는 일이 아이 기르는 일하고 같다. 고추를 홀짓기 해서 밭에 곧바로 심으면 이내 자라지만 키만 크고 나무가 힘이 없기에 비닐 집에서 그루갈이로 한 벌 옮겨 심는다.

애먹여야 버틸 줄 알고 밭에 옮겨 심으면 튼튼하게 자란다. 좁은 그릇에서 자란 싹도 마찬가지이다. 좁은 자리에 뿌리가 뒤엉켜 애먹어야 밭에 심으면 잘 자란다. 사람도 그냥 던져 놓으면 뿌리가 못 큰다. 어버이가 돌봐주어야 제멋대로 자라지 않고 나쁜짓 하면 나무라고 배움터에 보내고 좋은 곳으로 보내기도 하면서 바로 큰다.

고추도 자주 손길을 주고 거름을 주고 알뜰살뜰 봐야 잘 큰다. 제대로 돌보지 못하면 못 큰다. 어머니 아버지는 제대로 배우지도 못했는데 우리를 키워낸 일은 고추한테 배웠을까. 봄부터 작대기를 다듬고 싹을 키우고 빨간 고추를 딸 때까지 온갖 땀을 쏟아도, 돌아서면 다 쓰고 돈이 되지 못했지만 아이들은 남는지 모른다. 어머니도 고추를 애써 심듯 애써 우리를 키우며 여름이면 고추밭에서 우리를 살아가도록 돌보았는지 모른다. 그래도 고추 따는 일은 싫긴 했다.

고추잠자리

담쟁이에 첫물을 들여 우두커니 바라보는데 잠자리 한 마리가 손에 앉았다. 한참을 꼼짝 않는다. 손을 가만히 멈추고 걸었다. 뒤에서 누가 부르는 소리에 날아갔다. 어린 날 같으면 날아가기 앞서 얼른 잡았다. 여름이면 잠자리를 잡으러 쫓아다녔다.

마을을 벗어나 재를 넘으면 내리막 멧줄기가 아주 길었다. 논밭 도랑길 따라 풀꽃나무가 우거진 멧자락에 잠자리떼가 많았다. 아지랑이가 햇살에 피어나고 꽁지가 빨간 고추잠자리가 가지에 내려앉으면 살금살금 다가가 두 손을 모으며 잡았다. 그물무늬 날개를 잡고 놀다가 한쪽 날개를 떼어 날렸다. 바닥에 꼬꾸라지듯 떨어진다.

어떤 날은 주머니가 달린 감을 따던 장대를 들고 와서 잠자리를 통째로 사로잡았다. 두 마리가 포개어 붙어 날거나 가만히 앉은 잠자리, 꽁지끼리 붙은 잠자리를 같이 잡았다.

잠자리는 날개가 있으면서 달아나지 않고 붙잡힌다고 생각했다. 먹이를 잡아먹지도 않으면서 날개를 펼치고 가만히 앉아 쉬다가 우리한테 잡혔으니 머리가 나쁜가. 큰눈이 있어도 보지 못하는 듯했다. 햇살이 따가운데 해바라기를 할까. 몸이 추워서 그물 날개를 펼치고 햇볕을 쬐었지 싶다. 애벌레 몸이 거듭 허물을 벗고 날개를 달고 나왔을 텐데, 망가뜨린 날개옷을 돌려 달라고 온 듯했다. 그렇지만 어린 날 고추잠자리는 빨간 꽁지를 쫓아다니는 우리를 따돌리는 재미로 몰려왔는지 모른다.

구기자꽃

묵정밭 숲길을 내려오다가 구기자꽃을 보았다. 작은나무에 열매도 몇 알 익어가는데 뒤늦게 보랏빛꽃이 피었다. 아홉열 살 무렵에 장골에서 구기자를 땄다. 우리가 살던 집 뒤에 도랑이 있고 도랑 너머 감나무에 숙이네 소를 묶어 두던 풀밭이 있다. 숙이네 울타리이자 우리 집 울타리 이다.

멧골에서 빗물이 흘러 지나가는 도랑둑에 우리 구기자가 한 그루 있었다. 윗집 숙이네는 골목에서 집까지 긴 마당으로 들어가는 가파른 밭둑으로 구기자가 울타리로 길게 우거졌다. 구기자는 개나리처럼 가지를 뻗었다. 나무가 여리고 가늘었다. 덤불이 나지막하게 빽빽하게 퍼진 다. 보드라운 줄기는 쉽게 번지지 않고 나무도 잘 크지 않아 언제나 우리 눈높이보다 높지 않았다.

구기자잎은 개나리잎보다는 보드랍고 고춧잎보다 빳빳하다. 나뭇 가지가 가늘어 금낭화처럼 휘청이도록 열매가 주렁주렁 달린다. 푸른빛 이 노랗게 익고 빨갛게 무르익어 빛깔이 곱다. 우리는 빨갛게 익은 것만 골라 땄다. 산수유는 씨가 있어 알이 탱탱한데 구기자는 물컹해서 작은 알을 따려고 힘을 주다가는 손힘에 툭 터진다. 물컹하게 튀어 얼굴과 옷 에 물든다. 빛깔이 고와 맛이 있을 듯하지만 쌉싸름하다. 붉게 잘 익으 면 달큼하다던데 내 입맛에는 밍밍하다.

　가을햇살을 받으며 따는 일은 재밌다. 숙이네는 구기자가 많아 놀이 삼아 거들었다. 그때 날로 구기자를 하도 먹은 탓인지, 요즈음 토마토를 먹으면 아무 맛이 없는 듯하다. 개운하지 않은 맛일까. 그나저나 푸른빛 도는 열매는 아이들이 먹는 맛일는지 모른다. 익지 않았어도 자꾸 손이 간다. 바알간 빛이 돌면 아직 이르다 알리고, 빨간빛이 돌 적에 비로소 먹으라 알리는 셈일 텐데, 너무 먹어대면 배앓이를 하니 조금만 먹으라고 귀띔했는지 모른다. 한 가지에 세 빛이 흐르니, 할머니랑 어머니랑 내가 나란히 있는 듯하다.

금낭화

고샅길 막다른 골목으로 들어가면 대문 바로 밑에 분홍빛으로 곱게 금낭화가 피었다. 기다란 줄기에 금낭화가 주렁주렁 달려 꽃가지가 휘청인다. 마당에 들어서 허리춤에 오는 담벼락에 발길이 멈춘다. 도랑 하나 사이 둔 아랫집 뒤꼍이다.

어린 담쟁이덩굴이 흙벽을 타고 지붕에 기웃한다. 흙벽을 버텨 주는 나무가 까맣다. 마흔 해 동안 살던 우리 집은 허물고 빨간 벽돌집을 새로 지었는데 앞집은 어린 날 보던 그대로 사람 손길이 닿지 않았다.

앞집에 숙자가 살았다. 나보다 한 살이 적은데 샘에 갈 적마다 지나간다. 마당도 작고 집이 작아 오두막 같았다. 숙자 아버지는 늘 술에 절어 큰소리를 쳤다. 숙자 아버지가 무서워 겨우 한 번 놀러 갔다.

언니오빠하고 뛰어놀 적에 숙자는 집 밖으로 잘 나오지 않았다. 내가 고등학교에 들어가고 얼마 안 되어 숙자가 죽었다. 읍내서 기차에 치였다. 졸업하던 날은 넓은 집에 사는 소꿉친구 남자애가 대구서 기찻길로 뛰어들었다. 우리 집 흙담 밑에도 금낭화가 몇 뿌리 피었다. 아랫집에서 씨앗이 날아왔는지 어머니가 캐다 심었는지 모르지만, 꽃이 이뻐 나도 한 뿌리 캐려다가 참았다. 빨리 떠나간 두 아이는 이제 어디쯤 있으려나. 빈집에 금낭화가 필 때면 문득 둘이 떠오른다.

금은화

높은 바위틈에 금은화가 피었다. 덩굴이 돌담으로 뻗고 나무에도 엉키며 자랐는데 이제는 사람 손이 닿지 않는 높은 바위틈에 자라네. 유월 볕에 금은화가 피면 꽃물을 빼먹으려고 꿀벌도 바쁘겠지. 나도 꽃에서 꿀을 따먹었다.

시골에서는 인동이라 했다. 장골 윗집으로 올라가는 골목 따라 덩굴이 우거졌다. 어머니 심부름으로 꽃을 땄다. 노란꽃 하얀꽃이 같이 피고 빛깔이 곱고 맛이 달다. 꽃 하나를 따서 꽁지를 입에 넣고 쪽쪽 빨아먹고 또 따서 꿀물을 빼먹는다. 꿀은 내가 쪽쪽 빨고 집에 들고 왔다. 섬돌에 보자기를 펼치고 널어 햇볕에 말린다. 꽃이 마르면 담아서 벽에 걸어 둔다.

어머니는 닭을 고을 적에 넣고 단술(식혜)에도 넣는다. 꽃을 물에 끓여 우려낸 물에 단술을 삭히고 끓인다. 날꽃을 통에 담고 술을 부어 둔다. 아버지는 밥 먹을 적마다 한 모금씩 마신다. 어머니는 팔다리에 꽃이 좋다는 말을 어디서 들었을까. 약으로 쓰려면 꽃물을 먹으면 안 되는데 나는 꽃물을 쪽쪽 입에 물고왔다. 어머니는 좋은 줄 알고 했으니 단물이 있는 줄 알고 먹어 약이 되었지 싶다.

금은화는 금과 은처럼 보기 드물었을까. 하늘에서 떨어진 금처럼 금은화도 먼바람 타고 비를 타고 우리 마을로 왔을 테지. 이제는 담도 사라지고 금은화는 높은 바위로 씨앗이 옮겨 갔는지 모른다. 바위틈이 좁아 뿌리를 내리기도 힘들텐데, 자리를 잘 잡아 땅으로 내려오려고 하네. 깊은 멧기슭에서 잘 버틴다. 내가 그랬듯이 벌나비한테 단물 많이 내어주렴.

까마중

어머니 말로 나는 어릴 석에 입이 짧았다고 했다. 잘 안 먹었다는 말인데 잘 안 먹었는지 아니면 먹지 못했는지 모르나 아마 먹을거리가 없고, 그나마 있는 먹을거리는 아이 입맛에 안 어울려서 그런지 모른다.

밭둑이나 풀밭에는 곡식과 다르게 지심(풀)이 있었다. 고추잎처럼 보드랍고 얼핏보면 머루처럼 보이는 말랑한 열매가 까맣게 익었다. 우리는 '개멀구'라 하고 어머니는 '강태'라 했다. 말랑한 열매는 진주목걸이 알만한 게 살짝만 눌러도 터져서 옷에 튄다. 토마토를 잘랐을 적에 안 익은 물컹한 푸른 물이 툭 터진다.

나는 이 열매는 지심이라고 소나 먹는 줄 알고 잘 먹지는 않았다. 달콤하면 잘 먹었지 싶은데, 까마중은 가지 맛이 났다. 밍밍한 이 열매를 먹고 나면 속이 울렁거리고 입안에 남는 냄새가 싫었다. 머루포도 알과 크기도 비슷한데 맛이 달라 눈길을 주지 않았다. 어머니는 달고 새콤하다는데 소먹이러 가면 밭둑이나 논둑에서 자주 보지만 아주 배고프면 따먹었다.

그래도 심심풀이로 놀면서 따먹는다. 까마중처럼 새까만 약을 껌처럼 떼어 납작하게 눌러 다리에 붙인 적이 있다. 어린 날에 마을에 종기가 돈 적이 있다. 나는 다른 아이들보다 적게 났다. 배고파서 먹던 까마중 때문에 적었을까. 어른이 되어도 그때 난 자국이 왼쪽 무릎 밑에 도장 찍은 흉터로 남았다.

  사람들이 곡식을 심으면 다른 풀은 잡초라고 뽑아내고 매서운 약을 치고 하는데, 우리 몸에 좋은 풀은 하나같이 지심인 듯하다. 뽑아내도 또 자라 흔하게 나니 흔하게 먹고 우리 몸을 돌봐주려고 우리 몸 가까이에서 자꾸 씨앗을 퍼트리는 듯하다. 풀이 우리를 먹여살리기도 하고 몸을 고치기도 하는데, 이런 풀이 이젠 우리와 너무 멀리 떨어지려고 하네.

깨

농약을 물에 섞어서 등에 짊어지고 약을 친 어머니가 바람결에 약을 마셔서 그런지 어질어질하다고 눕는다. 붉은상추에 낮밥을 먼저 먹으려는데, 어머니가 일어나 쌈장을 한다. 된장을 푸러 가다가 주저앉는다. 나는 종지를 받아 일러준 단지를 찾아 된장을 네 국자를 푼다. 어머니가 참기름을 듬뿍 붓는다. 참기름을 골고루 섞고 한 통 따로 담아 챙긴다.

부엌에 참기름 냄새가 가득하다. 어머니는 지난해부터 깨를 사서 참기름을 짠다. 내가 어릴 적에는 깨를 심었다. 깨가 다 자라면 목에 닿을 만한 키였다. 잎에 푸른 깨벌레가 꼬물꼬물 올라가면 깜짝 놀랐다. 깨를 찔 때가 다가오면 아버지가 낫으로 이파리를 쓱쓱 치고 나무 같은 깨를 벤다. 마늘 묶을 때처럼 두 단씩 두 쪽을 묶고 네 단을 하나로 묶는다. 밭이랑에 탑처럼 세워 놓고 깨나무가 누렇게 말라 탁 벌어지면 밭에 천막을 깔고 어머니가 하나씩 잡고 작대기로 살살 턴다.

한 벌 털고 다시 네 단을 아버지가 묶어 두면 나는 밑으로 기어다니며 놀았다. 어머니는 한 톨이라도 깨가 땅에 떨어질까 싶어 살살 터는데 깨단 밑으로 지나가면서 흔들려 깨가 땅에 많이 떨어진다. 며칠 뒤에 또 한 번 깨를 털고 이튿날 또 턴다. 어머니가 세 판쯤 털면 아버지가 빈 깨단을 지게에 짊어지고 온다. 마당에 부라리면 할아버지가 소죽 끓일 적에 땔감으로 썼다. 깨가 몇 톨 털리지 않은 나무는 불에 넣으면 타닥타닥 터지는 소리가 난다.

어머니는 깨를 키질해서 쭉정이는 바람에 날리고 알곡만 모았다. 깨가 몇 자루 나왔다. 읍내에 깨를 팔아 돈을 마련하여 우리를 가르치고 살림에 보태느라 우리는 깨소금하고 참기름 맛도 몰랐다. 설날이 되면 어머니는 깨를 볶아 깨소금을 빻고 참기름도 짠다. 깨단은 바짝 말랐을 적에 흔들면 깨가 떨어진다.

어머니 아버지는 쉬지도 못하고 일하는데 나는 심심해서 깨단에 들어가서 놀았다. 내 눈에는 깨가 많아 아무렇지 않았는데 나 때문에 버린 알곡이 많다. 어머니는 아직도 농약을 마시면서 밭일을 하는데 나는 그때나 이제나 어머니 앞에서 아이처럼 놀기만 한다.

깨꽃

장골에 사는 숙이네를 지나 등성이 따라 올라가면 감나무기 있는 깨밭
이 있었다. 깨가 한창 자라 꽃을 피우고 마디마다 깨집이 열릴 적에 손
가락 굵기인 푸른 깨벌레가 꼬물꼬물 참깨잎을 갉아먹었다. 열두세 살
적에 동무들과 깨밭에 모였다. 두 손 모으고 눈을 감고 한 사람씩 돌아
가면서 기도했다.

어머니 몰래 교회를 나갔다. 어머니는 교회 다니는 사람을 예수쟁
이라 부르며 싫어했다. 나는 교회에 나가고 싶은데 어머니는 말린다. 집
에서는 기도하지 않고 동무하고 놀 적에만 기도했다.

밭에서 기도하는데 입맞춤이라도 한 듯이 "하느님 고맙습니다." 같
은 말만 했다. 한 사람씩 돌아가면서 기도를 마치고 갖고 온 공책을 펼
쳤다. 나는 동무들 앞에서 새 공책 첫 쪽에 빽빽하게 적은 글을 읽었다.
기도할 적처럼 돌아가면서 읽었다. 어떤 이야기를 들려주었는지 모르지
만 내가 쓴 글은 소설인지 모른다. 나는 다른 아이들보다 길게 썼다.

배움터에서 나온 책 말고는 책 한 자락 읽지 못한 어린 날이다. 책은
우리한테 너무 멀리 있었다. 얼마나 책을 읽고 싶었으면 글을 지어 동무
들 앞에서 들려주었을까. 말도 안 되는 글이어도 깨벌레가 들어 주고 감
꽃이 들어 주었다. 나는 깨가 쏟아지는 이야기를 쓰고 싶었는지 모른다.
깨꽃처럼 수수하게 피는 꿈을 꾼다.

꿀

우리 마을 멧골에는 아까시가 꽃을 피울 틈 없이 땔감으로 썼다. 멧골에는 나무보다 잔디가 많았다. 나무가 없으니 꽃이 없고 꽃이 없으니 꿀이 없다. 그렇지만 겨울에는 꿀을 먹는다. 가을에 나락을 거둬서 쌀이 넉넉해, 겨울이 되면 쌀로 물엿을 곤다.

가마솥에 불을 때고 하루가 걸리는 일이다. 하나는 약초를 달여서 졸이면 꿀보다는 걸쭉하고 숟가락으로 떠서 들면 흐르는 약물엿이다. 또 하나는 걸쭉하고 달다. 물엿을 하도 졸여서 숟가락을 넣으면 손잡이가 휘청거린다.

우리 집에는 벽장이 하나 있었다. 어머니는 나중에 먹을 밥살림을 두었다. 제사에 쓸 과일이나 떡을 두고 물엿도 벽장에 두었다. 어린 나는 키가 작아 고개를 한참 쳐들어 팔을 뻗어도 벽장 문에 손이 닿지 않았다. 베개를 놓고 밟고 이불을 밟고 올라서면 미끄러졌다. 동생을 엎드리게 하고 등을 밟고 올라섰다. 어머니가 숨겨 놓은 물엿을 몰래 퍼먹는다. 한 숟가락 두 숟가락 티나지 않게 떠먹는다. 나는 약물엿이 입에 써서 맛이 없었다. 빡빡한 물엿만 먹었다.

어머니는 일이 바빠 물엿을 얼마나 먹었는지 잘 알지는 못해도 다 아는 눈치였다. 물엿 끓이고 나온 찌꺼기에 약물엿 몇 숟가락 떠서 섞어 먹으면 배가 불렀다. 물엿을 높은 데 두면 더 먹고 싶었다. 어머니는 우리를 배불리 먹이고 싶지 않았을까. 어떻게든 찾아 먹는데도 왜 높은 자

리에 둘까. 제사 때나 설에 막상 쓰려고 찾을 적에 우리가 다 먹어서 없
으니 어쩔 줄 몰라 그러셨을까. 우리는 어머니가 벽장에 둔 깊은 까닭도
모르고 우리를 못 먹게 하는 줄만 알았다. 인동초 오가피 엄나무 육모초
가 들어간 물엿은 내 몸에 꿀같은 달콤한 약이 되었지 싶다.

ㄴ

날나무, 냉이, 노간주나무, 노루귀꽃,
논두렁콩, 눈, 느릅나무, 느티나무

날나무

어릴 적에는 쓰려지거나 마른 나무는 멧골에서 보지 못했다. 나무가 자라기 무섭게 도끼나 낫으로 날나무를 남김없이 벤다. 벤 자리가 뾰족해서 다친 적이 있다. 열한 살 적에 아까시나무가 자라는 멧골을 넘다가 발이 찔렸다. 배움터에서 집 사이에 있는 마을에 고모 집이 있다. 빨리 가려고 폴짝폴짝 뛰며 비껴가다가 가랑잎에 덮인 밑둥을 밟았다. 나는 흰 고무신을 신었다. 뾰족한 나무가 고무신을 뚫고 발을 푹 찔렸다. 피가 멈추지 않았다. 닦을 천도 없었다. 가방에서 두툼한 일기장을 꺼냈다. 일기장은 찢으면 안 된다고 생각해도 어찌지 못했다. 일기장을 뜯고 뜯어 피를 닦았다. 산에서 내려가고 논을 가로질러야 길이 나오는데 길을 바라보아도 아이들이 안 보인다. 고모 집에서 가운데쯤 왔는데 고모 집으로 돌아가지도 못하겠고 나는 혼자서 엉엉 울면서 쩔쩔맨다.

너무나 아팠다. 파인 속살을 보니 더 아프다. 그러나 발보다 일기장을 찢은 일이 더 아프다. 나는 일기를 날마다 썼다. 날씨를 적고 밥 먹고 배움터 다녀온 일만 적었지만, 아까웠다. 내 일기장이 반에서 가장 두꺼웠다. 일기장을 다 쓰면 위로 포개서 철사나 철끈으로 묶는다. 다섯 권으로 묶은 일기장을 피를 닦는다고 다 찢었다. 일기를 날마다 썼다고 칭찬을 듣고 날마다 들고 다니고 날마다 써서 너덜너덜했다. 일기를 써서 상을 받고 다음 학년에도 이어받았다. 초등학교 다니는 동안 개근상 말고 받은 상이다.

　찔린 발에 빨간약을 바르고 상어 이빨을 긁어 가루를 뿌렸더니 빨리 낫고 흉터가 어렴풋이 남았다. 어머니는 내 다친 발보다 밭일만 걱정하고 고모 집에 왜 가서 이리 시끄럽냐고 시큰둥하다. 고모는 뒤늦게 알고 "야야 우야꼬 아이고 우야꼬" 하신다.

냉이

냉이를 며칠 묵혔더니 새싹이 났다. 무르고 검은 잎과 발갛게 익은 잎을 뗀다. 어린 날에는 냉이에 새싹이 나도록 두지 않았다. 냉이를 캐면 바로 먹었다. 설 쇠고 나면 산비탈 밭에 냉이가 올라왔다. 바가지하고 호미를 들고 목골이나 둣밭골 잎새밭에 간다. 파릇파릇하면 캔다.

　우리는 냉이를 '날새이'라 하고 달래는 '달새이'라고 했다. 이랑에 냉이가 흙에 납작하게 붙어 잎을 펼쳤다. 냉이하고 닮은 풀을 보면 헷갈린다. 냉이는 잎이 더 가늘고 살짝 물들었다. 내가 캔 냉이로 어머니는 된장을 끓이는데, 어머니는 '장 찌진다'는 말을 쓴다. 냉이는 된장에 넣고 콩가루에 묻혀 국을 끓이고 삶아서 무침으로 해 먹는다.

　겨울이라 일거리가 없는 마을 사람은 떼를 지어 캐러 다닌다. 우리 어머니는 냉이를 일삼아 캐지 않는다. 우리는 다른 집보다 고추를 많이 심는다. 봄부터 고추작대기를 다듬는다. 망치 날로 작대기 끝을 돌리면서 뾰족하게 깎는다. 고추가 쓰러지지 않게 흙바닥에 꽂아 고추가 자라면 넘어지지 않게 묶는다. 새봄에도 바빠 냉이는 오다가다 캔다.

　냉이는 겨울 밭에 가장 먼저 돋아나 봄을 부른다. 잿빛 흙에 풀빛이 눈에 잘 보이고 얼었던 흙이 녹자 햇볕에 일찍 깨어나 찬바람에 발갛게 그을리며 봄을 부른다. 새풀 옷을 입고 첫봄을 알리니 봄도 냉이 부름에 웃고 성큼 오는지 모른다.

노간주나무

소나무 곁에 노간주나무가 가지를 펼쳤다. 나무가 가늘고 잎도 여리다. 나무가 곧고 굵다. 아버지는 이 나무를 잘라 도끼 손잡이로 끼우고 소코 뚜레를 삼았다. 껍질을 벗기고 아궁이 불을 쬐며 나무를 구부려 코뚜레 꼴을 잡았다. 하루는 소가 새끼를 낳는다. 마당에 모아 둔 거름을 둔 자리에 아버지가 볏짚을 깔아 준다. 나는 소 옆에서 구경하는데 어머니가 보지 못하게 했다. 방에 들어가 문을 빼꼼히 열고 구경했다.

소 앞발을 보았다. 소는 아프다고 소리도 지르지 않는다. 소가 숨을 고르고 힘을 주자 새끼가 뚝 떨어졌다. 어미는 새끼 몸을 혀로 핥고 새끼는 이내 일어서려고 비틀거린다. 온몸을 다 닦으면 새끼가 일어나서 어미 젖을 먹는다. 새끼 소는 어리지만 크다.

어린 송아지가 조금 자라 코를 뚫을 때가 되었다. 미리 꼴을 잡아 묶어둔 코뚜레를 코에 끼우려고 송아지를 잡고 애쓴다. 나무는 송아지와 지내고 싶었을까. 곧게 자라면서 부드럽게 구부러지기에 여러 곳에 썼겠지. 바람이 그렇게 노간주나무를 키웠을지도 몰라. 노간주나무는 소하고 동무가 되는 나무.

노간주나무는 도끼며 여러 연장을 든든히 받치는 단단한 나무. 노간주나무는 숲에서 조용히 밑자리를 튼튼히 지키면서 푸른 나무.

노루귀꽃

언덕 집에 살던 일곱여덟 살 적에 노루를 처음 보았다. 아버지가 장골에
서 일할 적에 비틀거리며 올찮은 노루 머리를 때려서 잡았다. 한데(노
지)에 있는 가게로 가져가서 장대에 거꾸로 매달아 두고 다음날 거죽을
벗겨 고아먹었지 싶다.

노루를 먹은 이튿날, 간지밭에 일하던 어미 소를 따라온 송아지가
풀밭에서 잘 뛰어놀다가 갑자기 죽었다. 이때 노루를 잡으면 재수 없다
고 마을 사람들이 수군거렸다. 노루를 잡던 언덕집에서 아픈 사람이 많
았다. 어머니는 미역국을 겨우 삼켰다. 아버지는 속이 아프고 병원에 가
던 길에 똥이 마려워 누니 똥에 거품이 나오고 거품이 몸에서 빠져나오
자 병원 가다가 병이 다 나았다.

큰오빠는 사타리에 돌을 끼워 돌치기 놀이를 하다가 돌에 맞아 도
랑에 떨어져서 다쳤다. 집하고 우리하고 안 맞아 자꾸 탈이 났지 싶은데
노루를 잡아 송아지까지 죽었으니 재수 없다는 말이 나돌았다. 어쩌면
짝을 잃은 노루가 슬픈 넋으로 가만히 찾아와서 우리 송아지를 해코지
했겠다고 느꼈다. 그리고 노루귀꽃을 가만히 보면, 우리가 고기로 먹은
노루 귀를 닮았구나 싶다.

수줍은 듯한 꽃을 보니 노루도 참으로 얌전했으리라. "노루를 잡으면 재수 없다"는 이야기를 벗으려고 노루 귀를 닮은 듯한 꽃, 아니 그저 숲에서 가볍고 푸르게 뛰놀며 살아가는 노루 숨결을 고스란히 닮은 듯한 꽃. 떨어진 가랑잎이며 이파리에 숨죽이다가 못다 핀 꽃을 천천히 피우는지 모른다.

논두렁콩

논두렁 길두렁에 벼가 한 뼘 자라고 콩도 한 뼘 자랐다. 어린 날에 우리 집도 벼를 심은 뒤 논두렁에 콩을 심었다. 논두렁에 풀이 많이 자라 풀을 뽑고 모를 심고 난 뒤 논두렁을 진흙으로 매끈하게 다듬었다. 투박한 손으로 진흙을 매만지고 두렁길만 두고 이쪽저쪽에 손으로 흙에 구멍을 내고 콩을 몇 알 넣는다. 논두렁에 심는 콩은 들일 밭일이 적었기에 알뜰히 심어 콩을 뽑았다.

들일이 바쁘자 풀에 약을 치고 콩을 심자면 일거리가 많았다. 들일이 늘자 열 집이 심는 부피를 혼자 할 만큼 손이 모자라자 논두렁에 콩을 심는 일을 그만둔다. 들일을 가지 못하는 할머니가 있는 집만 풀을 뽑고 논두렁 콩을 심지, 우리 어머니처럼 젊은 사람은 할 틈이 없다. 마늘 고추 사과 작약이 일거리가 많다.

논두렁에 검은콩을 심고 우리 집은 콩나물을 내었다. 고무 대야에 나무를 올리고 구멍 나고 물이 잘 빠지는 그릇에 불린 콩을 넣어 물을 자주 주었다. 빛이 들지 않게 두꺼운 보자기를 덮었다. 빛을 보면 콩나물 머리가 푸르게 바뀐다. 햇빛을 보지 않고 자란 콩은 노랗게 웃자라 부드럽고 빛을 본 콩나물은 잔뿌리가 나서 억세고 비릿하여 맛이 덜하다.

어머니는 콩나물을 설이 다가오거나 제삿날이 가까우면 기른다. 누구든지 틈만 나면 물을 부었다. 콩나물 콩은 밭에 심는 콩이랑 달랐다. 콩나물을 내는 콩을 심었다. 논두렁에 심은 콩은 자잘한 콩으로 메주콩이 아니다. 콩은 크기에 따라 쓰임이 다른가. 내 눈에는 똑같았다. 논두렁에서 벼와 같이 자라며 볕을 먹고 자란 콩이 시루에서 빛도 없이 쑥쑥 자란다니 놀랍다.

콩나물은 콩이 싹이 나서 뿌리를 밑으로 보고 머리를 위로 스스로 세우면서 자라는 줄 배웠다. 물을 듬뿍 먹어야 하는데 물을 그대로 흘리는데도 잘 자라는 콩나물은 설날하고 제삿날에라도 실컷 먹으라고 쑥쑥 자라 준 듯하다.

눈

어린 날 새벽에 눈을 뜨면 문밖이 환한 적이 있다. 달빛에 밝아서 환하기도 하지만 밤새 눈이 내렸다. 잠결이지만 문을 열어 달빛인지 눈이 내렸는지 눈으로 보고 다시 잠든다. 내가 먼저 마당에 눈을 밟고 싶었다. 하얀 마당에 발자국을 내고 신발 자국을 동그랗게 찍는 재미가 있었다.

어떤 날은 아버지가 우리가 자는 사이에 눈을 치워버렸다. 나는 아버지한테 눈을 다 치웠다고 칭얼거렸다. 어떤 날은 발목이 잠기도록 내려서 온 집안이 눈을 친다(치운다). 아버지는 눈을 치는 나무판으로 밀고 삽으로 떴다. 나는 동생하고 작은오빠하고 눈싸움하다가 머리를 맞고 등을 맞고 울기도 했다. 눈싸움이 끝나면 맨손으로 눈을 단단하게 뭉친 다음 눈밭을 굴렸다.

마당 이리저리 돌면 눈이 뭉치고 차츰 커졌다. 골목으로 다니면서 눈을 크게 굴렸다. 더 크게 굴리다가 부서지기도 하면 다시 굴렸다. 굴린 눈덩이를 포개니 눈사람이 되었다. 나무를 꺾어 코와 눈썹을 달아주었다. 아버지가 수레에 담은 눈을 골목 끝 도랑에 쏟아부었다. 아버지가 몇 수레 부어 놓은 수북한 눈을 삽으로 탕탕 쳐대고 고르면서 미끄럼타기를 했다.

어린 날에는 눈이 자주 펑펑 내렸다. 눈은 우리가 잘 적에만 잘 내려오네. 그 많은 눈이 소리 없이 내릴까. 눈은 아이들이 좋은가. 눈사람이 되고 싶은가. 손이 시려 입김을 불며 데굴데굴 굴리는 아이들하고 놀고 싶은가. 눈사람을 굴려 놓고는 목도리도 옷도 장갑도 끼워 주지 못했다. 한동안 사람 모습으로 머물다 간 눈아, 해 뜨면 물로 몸을 바꾸는 눈아, 네가 밤새 뿌려 놓아 글씨를 많이 썼구나. 너는 멋진 그림종이었어.

느릅나무

숙이네 가는 길 가운데쯤에 언덕이 있고 나무가 한 그루 있었다. 그곳을 지나갈 적이면 냅다 뛰었다. 나보다는 숙이가 많이 뛴다. 나는 언덕을 지나 우물가에 사는 언니 집에 놀러 갔다가 집에 올 적에 뛰고 숙이는 장골 끝 집이라 언덕을 지나는 일이 더 많다.

　어린 날 마을에 티브이가 한 대 있었다. 나무 상자에 채널을 돌리는 흑백티브이다. 연속극을 보려고 장골 목골 이골 사람이 몰려왔다. 나는 우리 골목만 틀면 바로 앞집이라 가장 가까웠다. 마당에 멍석을 깔고 아이 어른이 함께 보았다. 집으로 올 무렵이면 어두워서 코앞이 집인 나도 무서운데 언덕을 지나는 숙이는 얼마나 무서울까.

　그 언덕에서 개오지가 지나가는 사람한테 흙을 뿌린다는 말이 온마을에 돌았다. 나는 개오지가 맷돼지라고 생각했다. 그런데도 그 길만 지나가면 여우 눈을 떠올리고 늑대 눈이 떠오르고 티브이에서 보던 무서운 얼굴이 떠올랐다. 밤이면 무섭지만, 낮에는 그 나무 뒷산에서 소꿉을 하고 놀았다. 명자꽃이 울타리로 곱게 피었다. 명자꽃을 우리는 '앤지꽃' 이라 했다.

아이들이 밤늦게 다니지 말라는 헛소문일 텐데 티브이에서 보았기에 더 무서웠다. 모퉁이로 굽이지고 어두운 길도 한몫했다. 우리가 무서워하던 나무가 얼마나 억울할까. 속앓이를 했는지도 모른다. 이제 그 나무는 죽고 그 자리에 느릅나무가 산다. 물이 흐르던 개울을 덮어 길이 되고 이젠 오랜 날 그 언덕이 아니다. 어린 날에는 언덕에서 내려오는 물조차 폭포처럼 느꼈는데, 이제 와 다시 보니 참 낮은 벼랑이다. 물길은 다 말랐고, 냇가를 덮고 길을 넓혀 놓았다. 개오지 나무는 길이 꺾이는 자리에서 달려오다 잘못하면 개울에 빠진다고 말해 주고 싶었는지 모른다. 나무도 다 보고 듣고 자랄 텐데, 늘 좋지 않은 소리를 들어 마음이 아팠을 테지. 이제는 느릅나무하고 뽕나무한테 자리를 내어주고 다른 삶으로 거듭나지 싶다.

느티나무

나무가 참 천천히 자라는 듯하다. 느티나무는 우리 마을에서 가장 크다. 배움터 다닐 적에 늘 나무 밑으로 지나간다. 하루를 마치고 오면 가방을 던져 놓고 굵은 나무에 올라가서 논다. 나는 다른 아이들보다 나무에 잘 올라갔다. 나무가 커서 손에 잡히지도 발을 올리기도 옮기기도 힘들어 도 아랑곳 안 했다.

오월이면 마을에서 그네를 단다. 마을 언저리에서 어른들이 모여 한 줌씩 짚을 엮는다. 혼자서는 따지 못하고 여럿이 잡는다. 새끼줄은 한 움큼이나 되는 밧줄처럼 엮는다. 길게 꽈서 느티나무에 짊어지고 올 라가서 그네를 거는데 사다리는 없고 맨몸으로 나무에 올라가고 도우면 서 그네를 단다.

그네를 한 판 타려고 줄을 오래 선다. 한 집에 언니오빠에 동생이 줄 줄이 있고 예순 집이 모여 사니, 아이들은 얼마나 많은지 줄을 기다려도 두세 판 탈까 싶다. 혼자 타다가 둘이서 마주보고 탄다. 뒤에서 그네를 세게 밀면 논에 떨어지는 듯하다.

　나는 그네를 무척 타고 싶은데 너무 무서웠다. 그네가 높이 올라갈 적에는 무릎을 굽혔다 폈다 밀고 그네가 내려올 적에는 가만히 선다. 혼자 타도 박자를 잘 맞춰야 하고 둘이 타면 무릎이 서로 부딪치지 않게 맞춘다. 뒤로 오를 적도 있고 뒤로 내려올 적도 있는데 앞으로 볼 적보다 더 무섭다.

　한 판이라도 더 타려고 달린다. 십 리 길을 오가면서 달리기를 가장 많이 한 듯하다. 마흔 해 지난 느티나무가 어린 날보다 왜 작아 보일까. 이제는 태워 줄 아이가 없어서 안 클까.

ㄷ

닥나무, 단감, 닭벼슬꽃, 담금주, 담배꽃,
도깨비바늘, 도꼬마리, 도라지꽃, 돌나물,
두부, 등꽃, 등목, 디딜방아, 떡갈나무

닥나무

논둑에 닥나무가 많이 자란다. 아버지가 서울에 가서 번 돈으로 열 때기 넘는 논을 사들이고 그해에 내가 태어났다. 마을에서 목골 못을 지나 메를 오르고 멧허리를 둘 넘는다. 멧골에서 물이 흘러 도랑 큰돌 틈으로 물이 콸콸콸 쉬지 않고 시원하게 흐른다. 다랭이논이고 우리 집 큰방이나 작은방만 한 논이 열을 넘는다.

열 살인 나는 동생하고 물이 세차게 흐르는 너럭바위에 앉아 놀고 아버지는 거렁땅에서 닥나무를 낫으로 벴다. 겨울이 되면 가마솥에 물을 붓고 닥나무를 구부려서 넣은 뒤 불을 때며 찐다. 소죽 끓일 적에도 얹는다.

가마솥이 걸린 방에는 호롱불이 있다. 온 집안이 닥나무 껍질을 벗긴다. 나무가 뜨거워도 하나씩 잡고 입으로 물어뜯어 껍질이 일어나면 손에 잡고 줄줄 당기면서 벗긴다. 짙은 밤빛 도는 껍질이 다 벗겨진 닥나무는 노릿하고 빤질빤질하며 울퉁불퉁한 꼬챙이가 된다. 껍질을 빨랫줄에 널어 말리거나 담벼락과 마루에 펴서 말렸다. 마을을 다니며 닥나무 껍질을 거두는 사람한테 판다.

껍질을 벗긴 나무는 땔감으로 썼다. 닥나무는 단단해서 작은 새총을 자르고 고무줄을 끼워 참새한테 돌을 날렸다. 나무가 잘 휘어져서 두 끝에 홈을 파고 우리가 벗긴 닥나무 껍질을 묶어 활이 되면, 화살을 끼워 쌓아 놓은 볏단에 쏜다.

우리 마을에서는 닥나무를 딱(땅)나무라 했다. 나무가 딱딱해서 딱나무일까. 삶으면 더 단단하기에 닥나무인가. 어른들은 닥나무를 어떻게 알았을까. 종이가 되는 줄은 어떻게 알까. 할아버지에 할아버지에 먼 할아버지 적부터 오래도록 이어져 왔을 텐데. 겨울 잠을 자고 나면 쑥쑥 자라는데, 해마다 가지가 잘려도 자라서 우리 집 창살문에 바를 문종이로 돌아왔다.

단감

우리 마을 감은 씨가 없다. 납작하고 껍질이 얇은 감은 찬감이라 하고 길쭉하고 두꺼운 감은 도감이라 했다. 도감은 붉게 익혀서 먹고 찬감은 곶감으로도 말리기도 하고 삭힌다.

마구간을 가운데 두고 방이 둘인데 하나는 할아버지 방, 또 하나는 고추를 말린다. 켜를 올리고 그물 틀에 익은 고추를 골고루 널어서 연탄 불에 며칠을 굽는다. 두 화로가 활활 타니 굴이 아주 뜨겁다.

배움터를 마치고 집에 오면 혼자이다. 집 뒤 감나무에서 땡감 서넛을 땄다. 그릇에 물을 담고 굵은 소금을 넣은 뒤 고추 굴 문을 열었다. 뜨거운 바람이 얼굴에 스치자 따갑다. 매캐한 고추 냄새가 목구멍으로 들어오자 숨도 막혔다. 손으로 코와 입을 가리고 숨을 멈추고 그릇을 밀어 넣는다. 맨살인 팔이 뜨거워 깊숙이 밀어 넣지 못해 문 앞에 두고 재빨리 문을 닫았다.

이튿날 잘 삭았을까 깨물어 보면 떫다. 다시 하룻밤 더 두고 틈나면 문을 여느라 뜨거운 김만 뺐다. 어머니는 처음에 큰 그릇에 나처럼 담다가 비닐에 싸서 아랫목에 묻는다. 조금 떫어도 단맛이 돈다. 어머니는 이내 먹을 감은 연탄불에 삭혀 아랫목에 묻고 한두 달 뒤 겨울에 먹을 적에는 달리 삭힌다. 커다란 단지에 짚을 깔고 넣는데, 땡감 꼭지를 소주에 적신 뒤 차곡차곡 넣는다. 감을 다 채우면 짚으로 덮고 비닐로 단지 주둥이에 고무줄로 꽁꽁 묶었다.

감을 헐면 바람이 들어 감이 빨리 물러 꼭지가 빠지고 새콤한 냄새가 나면서 거품이 난다. 단감은 헐면 빨리 먹어야 해서 장날을 맞추어 팔기도 한다. 단감도 붉은감처럼 많이 먹으면 된똥에 걸린다고 해서 감털은 뱉는다. 감은 하나인데 여러 맛으로 먹는다. 말랑하고 빨간 감으로 먹고, 말려서 곶감으로 먹는다. 단단하게 먹는다고 단감일까. 그 떫던 감이 말리고 삭히면 달다고 단감이겠지. 감은 바람이 들지 않게 재워 놓으면 단단하던 속살이 부드럽게 풀리네. 말랑하고 붉은 감을 나무에서 따고 바로 먹으면 물이 주르르 흘러 얼룩이 지네.

닭벼슬꽃(맨드라미꽃)

순이네 담벼락과 앞집 담벼락이 끝나는 골목 안쪽에 우리 집이다. 골목이 길어 대문 밖에 앞집 담벼락이 우리 집 살피꽃밭이다. 마을 가꾸기를 한 뒤로 집집이 꽃을 심는데, 앞집 지붕으로 우리 골목 꽃밭은 그늘이 일찍 든다. 그나마 볕이 드는 자리에 맨드라미꽃이 피었다.

우리는 달구벼슬꽃이라 했다. 꽃이 우리에 키우던 닭볏하고 닮았다. 꼬불꼬불한 주름이며 붉은빛은 손으로 만지면 뽀송뽀송하고 매끄럽다. 짧은 털옷을 만지는 느낌이다. 꽃이 마르면 까만 씨앗이 촘촘하게 박히고 떨어진다.

우리 집에서 키우는 닭이 씨앗을 쪼아 먹었다. 우리 먹을 밥도 모자랄 적에는 닭한테 먹일 모이가 없어서 키우지 못하다가 살림이 조금 나아져서 닭을 다시 들였다. 아침마다 닭집 문을 열어 주려고 가면 닭장 높이 홰를 타고 있다. 누구든 아침에 눈을 뜨면 닭장 문부터 열어주었다. 닭을 내쫓으면 마당 구석구석 흩어지고 거름을 파서 먹고 마당에 떨어진 알곡을 쪼아 먹는다.

보리를 바심하고 나면 마당에 떨어진 알곡이 많다. 풀어놓은 닭은 마당에 흩어진 보리를 다 주워먹고 대문을 나와 풀도 뜯어먹고 마을 밖으로 나와 이웃집 배추도 쪼아먹는다. 날이 어두우면 닭이 한 마리씩 들어온다. 멧산 살쾡이가 잡아가서 닭장에 가둔다. 나는 닭을 봐도 우리 닭인지 잘 모르겠던데, 어머니 아버지는 헤아려 보고 모자라면 닭을 찾으러 다녔다.

　아버지는 우리 닭인 줄 어떻게 알고 닭을 앞세우면서 두 팔을 흔들며 몰이했다. 닭이 자라면 한 마리씩 잡았다. 목을 비틀어 소죽 그릇에 넣고 뜨거운 물을 붓고 털을 뽑았다. 배를 가르면 모이주머니에 먹었던 모이가 찼다. 노란 달걀도 품었다. 닭벼슬꽃은 목을 뺄까. 저와 닮은 볏을 한 닭을 잊지 못하는 까닭이 있을까. 닭을 잡아먹고 시치미 떼는 우리한테 새빨간 거짓말은 하지 말고 살자 알리는 빛깔일까. 따로 가둬놓고서 모이를 주지 않아도 닭이 알아서 먹이를 찾아 먹으며 집 안팎을 돌아다니던 삶이 선비 같다.

담금주

열두 살 적에 아버지가 안방 앞 처마 밑에 땅을 파고 병을 묻었다. 어머니가 간지밭에 고추 따러 가다가 길에서 뱀 한 마리를 만났다. 어머니는 손에 든 괭이로 꽁지를 누르고 끈으로 묶어서 비료 자루에 담아 왔다. 어머니는 독이 없는 뱀을 알고 잡았다. 병에 넣어 술을 붓고 뚜껑을 막은 다음 밭에 묻거나 비 안 맞는 자리에 묻는다는 마을 사람들 말을 듣고 아버지는 가까운 처마 밑에 묻었다.

뱀을 묻은 자리가 뜨락 앞이라 신발을 벗는 자리이다. 뜨락에 올라 댓돌을 밟고 문턱을 넘고 들어간다. 마루를 놓아둘 적에는 마루 밑에 뱀술이 있는 셈이다. 늘 누가 밟는 자리에 묻었다. 한참 지나 땅을 파고 병을 꺼냈다. 물이 빠져서 뱀이 하얗다.

장골 오두막에 살 적에 아버지가 자꾸 아팠다. 볕이 잘 드는 넓은 집으로 옮겨서 몸에 좋은 술을 먹는다. 쥐코밥상(반찬 한두 가지 겨우 놓은 밥상) 맡에 앉아 한 모금씩 마신다. 아버지는 집 뒤쪽에서 지네를 잡아 실에 묶어서 오줌장군 오줌에 하룻밤을 담근다. 지네는 말리고 구워서 가루를 내어 술에 타서 마셨다.

아버지는 뭐라도 술에 타서 술술 마셨다. 뱀은 술을 무서워하고 지네는 우리 오줌에 꼼짝 못했네. 술은 오래되면 독도 모두 녹여서 몸을 살리니 참으로 놀랍다. 뱀아 지네야 그때 우리 아버지 약이 되어 주어서 고맙다. 그리고 미안하구나.

담배꽃

아버지는 담배를 피우지 않았는데 할아버지는 담배를 피웠다. 팔을 뻗어 긴 곰방대를 입에 물었다. 허리춤에서 주머니를 꺼내 마른잎을 비벼서 가루를 내어 작은 통에 가득 담고 화롯불에 대고 빨면 불꽃이 일지 않고 불이 붙는다. 긴 대로 빨아들여 입에 머금다가 천천히 내뿜는다. 천천히 아껴가면서 오래 피운다. 할아버지 곰방대는 '대꼬바리'라 했다.

우리 집은 밭이 넉넉하지 않아 담배를 심지 않았다. 할아버지는 이 집 저 집 다니면서 잎을 얻어다 피웠다. '희연'이라는 이름으로 담배를 자루에 담아 팔았지만 돈 주고 살 만큼은 안 되어 할아버지는 담배 동냥을 했다.

할아버지는 지팡이 없이는 세 발짝도 못 걸었다. 할아버지 방에서 골목까지 걸어 나오자면 한 시간은 걸렸다. 다른 집 할아버지는 들일 밭일을 하는데 우리 할아버지는 하루를 집에서만 가만히 보내자니 얼마나 지겨웠을까. 티브이도 없어 철이네 할머니 하고 길가에 앉아서 이야기하며 담배를 피우며 하루를 버틴다.

할아버지는 배가 고파 하얀바람을 마셨을까. 푸념만 늘고 하루를 버티는데 얼마나 힘들까. 어머니가 큰집이나 찬이네 밥을 들에 날라 주고서, 할아버지하고 어머니가 들밥을 얻어먹으면 더는 먹을거리가 없었다던데, 아버지가 경운기를 배운 뒤로 집이 일어났다. 우리는 산에 다니면서 진달래를 따먹고 삘기도 뽑아 먹고 잔대도 캐먹고 딸기도 먹고 앵

두도 먹고 찔레도 꺾어 먹지만, 할아버지는 앵두만 맛볼 뿐 주전부리가 거의 없었다. 마당에 조그마한 텃밭을 꾸며서 한두 뿌리 심으면 할아버지 심심풀이로 잘 키워냈지 싶다. 우리 할아버지가 곰방대 물고 담배 피우는 모습은 멋있었다. 곰방대를 한 손에 들고 하얀바람 한 모금 빨 때와 천장으로 한 모금씩 뿜는 할아버지 얼굴이 어느 때와 사뭇 달랐다. 뭔가 생각이 많아 보였다.

담배는 배고픈 우리 할아버지 주전부리였겠지. 움직이지 못해 마음대로 어디를 가지도 못하느라 속이 새까맣게 타버린 흰바람을 보며 하루를 지루하지 않게 버티었을까. 할아버지를 생각하면 담배꽃처럼 곱게 피어 보지 못하고 사라진 담배 연기 같다.

도깨비바늘

고욤을 보려고 풀밭에 들어갔다. 사람 손길 닿던 밭이었는데 막상 들어가다 보니 풀이 허리까지 온다. 작은나무도 한 해 사이 허리만큼 자랐다. 풀을 발로 쭉 밀어 눕히면서 밖으로 그냥 나왔다.

바지에 도깨비바늘이 잔뜩 붙었다. 바지 올이 풀린 끝단과 신발에 풀빛 바늘이 붙었다. 어린 날 밭에 갔다가 풀밭을 지나서 집에 오면 그때에도 옷에 도깨비바늘이 잔뜩 붙었다. 갈바람이 시원하게 불 무렵 털옷을 입고 실로 짠 바지를 입어서 도깨비바늘이 더 달라붙었다.

손마디 길이가 되는 바늘은 그나마 손에 잘 잡혀 떼기 쉬우나 작고 동그란 도깨비바늘을 떼면 올이 뭉친다. 도깨비바늘에 스치기만 해도 달라붙어 떼고 뗐다. 마당에서 하나하나 떼는 일이 번거로워 그냥 들어가면 꾸중을 들었다. 내가 안 떼면 어머니가 떼야 했다.

도깨비바늘은 씨앗이 길쭉하고 뾰족한 가시이다. 가시로 몸에 달라붙어 숲을 나오려고 할까. 갈고리 가시로 척 붙으면 떨어지지 않아 어머니한테 꾸지람을 들으라 할까. 걷지 못하는 씨앗은 움직이는 짐승과 사람한테 붙어 멀리 떠나고 싶었겠지. 바람이 불어도 스스로 날아가지 못해 누가 곁에 오기만을 손꼽아 기다렸을지도 몰라. 길쭉길쭉한 풀바늘이 씨앗이라니. 온몸에 붙어 꽉 잡고 따라와 무슨 말을 하고 싶을까.

도꼬마리

가을이면 밭둑 덤불 무덤가에 도꼬마리가 자랐다. 밭일을 마치고 오는 아버지 가랑이에 붙고 내 바지에도 붙었다. 도꼬마리는 땅콩 한 알 크기에 사방으로 가시가 돋아 밤송이와 고슴도치 같다. 도꼬마리에 닿아 얼굴을 할퀴기도 하고 떼다가 손가락이 찔리기도 한다.

도꼬마리가 누렇게 익으면 가시가 단단했다. 우리 아버지는 가을이 되면 바지에 도꼬마리와 도깨비바늘을 잔뜩 붙였다. 흙 묻은 바지를 벗어 하나하나 떼었다. 나도 바지에 붙은 도꼬마리를 뗐다. 도꼬마리는 왜 그냥 씨앗을 떨어뜨리지 않고 살짝만 스쳐도 엉겨붙을까.

갈고리 가시로 따가워서 긁는다. 다리와 팔에 할퀸 자국이 생긴다. 온몸이 갈고리 가시면 벌레와 들짐승한테서 먹히지는 않겠다. 발이 없으니 짐승 털에 붙고 사람 몸에 달라붙어 둥지를 찾으러 숲을 떠날 테지. 숲속 동무들이 도우며 멀리 떠나지 싶다. 제발로 가지 않아도 씨앗이 숲을 이루지 싶다.

몰래 붙어 떨어지지 않으려고 온몸을 가시로 덮어 씨앗을 퍼트리는 도꼬마리가 똑똑하다. 그러나 잡풀이라고 어머니 아버지한테서 나한테서 미움만 잔뜩 받았네. 알고 보면 좋은 살림풀이었는지 모르는데. 뾰족한 가시로 살아남으려는 도꼬마리는 우리 옷에 붙어 멀리멀리 떠나려고 했을 텐데 사람이 몰라주어 섭섭했을까. 나도 도꼬마리처럼 몰래 붙어 넓은 곳을 구경하고 싶다.

도라지꽃

배움터에서 돌아오는 길이 멀어 달리기를 하고 길에 앉아 돌줍기를 하고 솔밭에 앉아 쉬고 또 달리면 어느 사이 오빳골 재 밑에 닿는다. 그러다가 멧자락 따라 재 밑에 오면 느긋하게 놀았다. 아직 집이 멀어도 이 자리만 오면 집에 다 온 듯하다.

찔레가 있는 멧기슭 높은 밭둑에 도라지밭이 한 군데 있었다. 멧자락 밭둑이 높고 미끄럽다. 신발이 푹푹 빠져 흙이 들어가도 끙끙대며 풀을 잡고 밭에 오른다. 길가에서 본 보랏빛 도라지꽃이 가득했다.

우리는 밭에 오르면 한 골씩 맡아 꽃봉오리를 찾는다. 서로 터트리려고 이랑을 넘나드느라 도라지가 넘어지고 밭이 엉망이 된다. 도라지꽃은 풍선껌을 불어서 붙여놓은 듯 바람이 빵빵하게 찼다. 두 손으로 꼭 누르면 뽕뽕 소리를 내며 터진다. 어떤 봉오리는 픽 하고 바람이 실실 빠진다.

이쪽에 큰 봉오리 저쪽에 작은 봉오리 쪼끄마한 봉오리를 마구잡이로 터트렸다. 이랑을 옮기느라 춤추고 터트린다고 우리 몸짓은 춤춘다. 봉오리가 터진 도라지꽃은 하하 웃는 듯하고 아이들은 신이 났다. 도라지 실로폰으로 노래를 하는 듯했다. 꽃잎을 다물어도 우리 눈에 띄면 입을 안 벌리고는 못 배긴다. 꽃봉오리는 천천히 곱게 활짝 피우고 싶을 텐데, 우리는 꽃을 비틀고 도라지가 깨어나기도 앞서 미리 터트려 꽃길을 억지로 열었다.

돌나물

장골 길가 바닥에 돌나물이 잔뜩 자랐다. 어린 날에는 길바닥에 수북하게 돋지 않았다. 나는 돌나물을 뜯으러 마을 어귀에 있는 느티나무를 지나 점낫골 길목 오르막에만 갔다. 동무와 둘이서 돌나물을 뜯는다. 돌길이지만 바위가 얼마 없는데 그곳에는 바위가 있었다. 바위와 바위 밑에도 나물이 자랐다.

채송화보다 잎이 넓지만 닮았다. 바위에 붙은 돌나물을 연필 깎는 칼로 하나하나 잘랐다. 바위 둘레를 돌며 더 푸르고 큰 나물만 골라 땄다. 노란 듯 푸른 어린 돌나물은 작다. 뜯어도 부피가 늘지 않고 딸 엄두가 나지 않았다.

내가 뜯지 않아서 어린 돌나물은 한숨을 돌렸을지 모른다. 어머니도 밭일 마치고 오는 길에 돌나물을 뿌리째 걷어서 집에서 다듬는다. 어머니는 돌나물에 양념을 섞어서 참기름을 붓고 큰 그릇에 비볐다. 나는 풀내음이 나서 나물을 걷어내고 먹지만 아버지는 국물이 하얀 물김치도 잘 드셨다.

돌나물은 돌을 시원하게 하고 우리도 시원하게 하는 숨결이었을 텐데. 피를 잘 돌도록 도와주어서 돌나물이라 했을까 싶다. 막 돋았을 때 먹으라고 했을까. 멧산에 돌이 많아도 통통하게 물을 머금은 나물이 돌을 붙잡고 뿌리가 마르지 않게 빈틈없이 뭉치며 사네.

골로 다니며 우리가 찾아다니던 돌나물은 이제는 길가까지 내려와도 뜯는 사람이 없는 듯하다. 숟가락을 부딪치며 떨거덕거리며 먹던 우리는 그곳을 떠났는데, 네가 남아서 골을 푸르게 지키네. 이제 마음껏 꽃을 피우렴.

두부

어릴 적에 어머니는 겨울이면 두부를 쑤었다. 우리 논밭이 없을 때라 콩을 사서 하룻밤 물에 불렸다. 콩이 잘 불어야 두부가 늘어난다. 고무대야에 챗다리를 걸치고 무거운 맷돌을 올린다. 어머니가 손잡이를 두 손으로 잡고 맷돌을 힘껏 돌리면 나는 곁에서 불린 콩을 한 숟가락씩 떠넣는다. 콩이 다 내려가면 또 한 숟가락 붓는다.

맷돌 가운데 구멍에 물과 섞여 들어간 콩이 두 맷돌이 돌아가는 틈에 갈려 하얀 물이 여기저기 흘러내린다. 챗다리 밑에 둔 대야에 떨어진다. 콩을 다 갈면 가마솥에 붓고 불을 지핀다. 끓으면 광목 자루에 퍼담아 챗다리에 얹고 나무판을 꾹 누르면서 물을 짠다. 물만 따로 모아 간수를 넣으면 허옇게 굳으면서 두부가 된다. 천에 싸서 뚜껑을 덮고 무거운 돌을 얹어 두었다가 칼로 자른다.

물을 짜낸 찌꺼기를 비지를 해서 먹고 소도 준다. 소죽 끓일 적마다 한 바가지씩 넣는다. 티브이가 없어 마을 어른들이 가게에 모여 화투를 치고 두부내기를 한다. 어머니가 쑨 두부를 마을에서 팔고 이웃마을에 내다 판다. 어머니는 두부를 머리에 이고 거친 흙길을 걸어서 아랫마을 신리 가게와 재 너머 윗마을에 팔러 다녔다. 윗마을로 가는 길은 오르막길로 비렁길이었다. 아버지는 큰집에 여덟 해나 머슴 일을 하느라 어머니를 돕지 못했다.

두부를 하려고 땔감을 산에 가서 주워 오거나 짚을 땐다. 가마솥을 걸어둔 부뚜막에 햇볕이 드는 날에는 겨울이 봄날 같았다. 바람 없는 햇볕으로 춥지 않아서 두부 쑤는 날이 좋았다. 나는 놀면서 콩을 붓고 어머니는 온힘을 모아 두부를 쑤느라 겨울이 여름철보다 바쁘다. 두부를 무거운 판으로 눌리도 바람이 들어간 자리는 구멍이 생겨 울퉁불퉁하다. 비지를 물리도록 먹어서 커서는 죽어도 안 먹을 줄 알았다. 그런데 누구는 비지를 곁밥(반찬)으로 여기지 않지만 나는 두부보다 비지찌개가 맛있다. 두부를 보면 묵하고 감홍시를 주워다 팔 생각을 한 슬기로운 어머니를 우러러본다.

등꽃

팔조령 쉼터 지붕에 등꽃이 이르게 핀다. 옅은 보랏빛으로 우거진 꽃송이가 쉼터 지붕을 타고 주렁주렁 달린다. 가느다랗던 등나무 둘은 서로 꼬여서 지붕으로 뻗기만으로는 모자란지 쇠기둥뿐 아니라 모두 친친 감으려 하는 듯싶다.

스스로 곧게 서기보다는 서로 친친 감으면서 자라는 등나무다. 다른 덩굴나무도 서로 친친 감는다. 홀로 뻣뻣하게 서서 바람에 흔들리듯 춤추다가도 곧은 모습이 아닌, 서로 똘똘 뭉쳐서 비바람에도 꿈쩍을 않는 모습 같다.

친친 감는 모습은 어떤 삶일까. 서로 친친 감느라 껍질이 쓸리면 아플까. 서로 친친 감기에 모진 비바람에도 멀쩡하게 살아내는 의젓한 길일까.

등꽃은 언뜻 눈물방울 같다. 등꽃을 보는 봄이면 스물다섯 여름날 첫째 아이를 낳고 시골집에 맡기고서 일하러 다니던 때가 떠오른다. 그때 흙을 만져 그릇을 빚는 자리에도 다녔다. 흙반죽으로 등꽃시계를 빚느라 흙등꽃을 며칠 동안 하나하나 붙이곤 했다.

등목

칠팔월이면 볕이 뜨겁다. 들에서 돌아온 아버지는 등목을 했다. 웃옷을 홀라당 벗고 바닥을 짚고 엎드리면 나는 바가지로 찬물을 퍼서 허리띠께에서 물을 부으면 목덜미로 떨어졌다. 우리 집은 땅에서 퍼올리는 물이 아주 차갑다. 비누를 등에 바른 뒤 찬물을 붓는다. 아버지는 "아, 시원하다." 하고 흐느끼며 목을 든다. 나는 허리춤 옷에 물이 닿지 않게 살살 또 붓는다.

작은오빠 등에도 물을 붓고 어머니 등에도 물을 부어 주었다. 할아버지 등목은 내가 많이 해주었다. 할아버지는 몸이 힘들어서 땅바닥에 겨우 엎드려 머리를 내민다. 나는 한참 뒤에서야 방에서 나와 할아버지 목을 씻기고 등에 물을 부어주었다. 할아버지 목은 주름이 많고 미끌미끌해서 기름을 만진 것처럼 손까지 미끌미끌해서 찜찜하다. 할아버지는 할아버지라서 목이 쭈글쭈글하다지만, 아버지는 할아버지 닮았는지 젊은데도 목에 주름이 촘촘한 빗금을 친 듯 굵었다.

어머니하고 저녁이면 골짜기에 갔다. 우리가 살던 언덕집 밑 도랑에는 금성산에서 물이 흐른다. 바위가 많아 비렁에 앉아 씻는다. 골짜기 물은 깨끗했지만, 산수유나무가 우거지고 모기가 많다. 모깃불을 피워 놓고 애어른이 목욕을 했다. 중학생이 되어서는 자취하던 언니와 동무하고 주인집 할머니 따라 넓은 냇가에 갔다. 내에 물이 반쯤 빠지고 자갈을 밟고 들어간다. 비탈진 산 따라 물이 깊지도 얕지도 않아 몸을 씻기 좋았다.

냇가에 가면 음지마을 양지마을 사람이 많아 누가 누군지 잘 모른다. 어렴풋한 달빛으로 몸을 씻고 옷도 찾아 입는다. 여름이면 보와 못과 냇가 물이 깨끗해서 우리 몸을 씻어도 물이 깨끗했다. 뜨겁고 더운 볕에 달군 몸이 찬물에 얼마나 시원할까. 얼얼한 살결에 깊이 스며든 찬 기운을 머금은 물살이 호강을 시키네. 어머니 아버지 할아버지 따뜻한 살결을 느낀다.

디딜방아

숲을 거닐다 쑥떡을 먹을 자리를 둘러본다. 맞춤한 바위를 찾았는데, 이 바위 틈으로 나무가 끼인 듯하다. 자라던 나무에 바위가 굴러온 듯하지 않고, 바위가 있는 사이에 씨앗이 떨어져 자란 듯하다. 어떻게 그 틈에서 자랐나 싶으나, 나무하고 바위는 마치 하나인 듯 얼크러지며 오늘에 이르렀지 싶다.

어릴 적에 언덕집에서 살다가 마당이 넓고 디딜방아가 있는 집으로 옮긴 일이 있다. 마을에서는 으레 우리 집에 와서 쌀이나 가루를 찧었다. 어머니도 우리 먹을 쌀을 한 바가지씩 확돌에 나락을 부어서 찧었다. 긴 나무 받침에 두다리가 달리고 길게 뻗었는데, 가루를 빻을 적에는 여주알처럼 생긴 공이를 머리쪽에 끼우고, 쌀을 찧을 적에는 나무공이로 바꾼다. 방아채 가운데 난 구멍에는 대를 끼우고, 대는 두 돌받침대에 얹었다.

어머니가 줄을 잡고 다리를 밟으면 방아가 올라가고, 이때 확돌에 손을 넣고 뒤집으면 어머니가 보고서 발을 뗀다. 박자를 맞추어야 손을 안 다치고 수그린 머리를 안 박는다. 돌하고 나무하고 나무하고 어머니가 한마음이 되어 방아를 찧는다. 오늘 숲에서 만난 바위하고 나무도 한마음으로 살아가는구나 싶다.

떡갈나무

멧골을 오르는데 비가 내린다. 빗줄기가 나뭇잎에 떨어지는 소리가 여리다. 바람이 불지 않는데 돌개바람이 쓸고 간 듯 바닥에 떡갈나무 가지가 떨어졌다. 오른쪽에는 밤송이가 잘린 채 이리저리 잔뜩 흩어졌다. 우듬지를 쳐다보고 옆을 봐도 밤나무는 없다. 어디서 떨어졌을까.

어릴 적에 어머니는 마늘 심는 앞치마를 하고 꿀밤을 줍는다. 마을을 벗어나 골이 진 멧자락에서 꿀밤을 주웠다. 어머니는 꿀밤을 며칠 물에 불렸다. 떫고 아린 맛을 뺀 다음 껍질을 손질해서 도토리묵을 쑨다. 어머니가 쑨 도토리묵은 허옇거나 떫지 않았다. 무를 가늘게 썰어서 양념하고 간장을 맛있게 장만했다. 묵에 간장만 뿌려 숟가락으로 퍼먹었다. 참기름맛과 어울려 고소한 냄새로 살짝 떫은 맛도 모르고 먹었다.

도토리를 주울 적에 구멍이 나서 벌레 먹었다고 버리곤 했는데, 이제 곰곰 생각하니 도토리거위벌레 알집이었다. 나뭇잎이 달린 가지를 자른 것도 알을 낳으려고 한 일이었다.

떡갈나무는 제 나뭇잎을 타고 땅으로 내려가는 아기집을 어떻게 바라보았을까. 알이 누렇게 여물지도 않았는데 선뜻 몇 알을 주며 거위벌레와 서로 도우며 지내네. 한 알이라도 더 주우려고 돌로 나무를 찧고 발로 쿵쿵 박차며 흔들었는데, 어쩐지 부끄럽다. 네가 베풀어서 도토리묵을 먹어 보았구나.

ㅁ

마가목, 마늘, 마늘씨, 마늘 캐기, 막걸리,
말밤, 매미, 맷돌, 머루, 멍석, 메주, 멧딸기,
멱감다, 모과나무, 모깃불, 모심기, 무궁화

마가목

멧높이가 천 미터를 넘는 염불봉 바위 옆에 마가목 열매가 익어간다. 나뭇잎이 푸르게 우거진 숲에 발갛게 익은 첫 열매가 눈에 확 띈다. 마가목 줄기로 채찍질하면 말이 죽는다는 옛말을 들었는데, 우리 할아버지는 지게 작대기에 맞아서 죽다 살았다.

할아버지가 아기일 적에 할아버지 어머니가 젖만 먹인다고 할아버지 아버지가 꾸지람했다. 일도 안 하고 밍(무명)만 만지고 물레로 실만 감는다고 못마땅하게 여겼단다. 할아버지 아버지가 지게 작대기를 들고 할아버지 어머니를 때리려 했다. 외동아들인 할아버지를 안았는데, 설마 때리기야 할까 씨름하다가 내리치는 작대기를 안 맞으려고 그만 아기인 할아버지를 내밀었다. 할아버지는 작대기에 그대로 맞아 다리가 부러졌다.

이 일로 할아버지는 어린 날부터 제대로 걷지 못했다. 제대로 걷지 못해서 말을 타고 다녔다. 할아버지는 할아버지네 아버지가 돌아가시자 세 해 동안 살림을 야금야금 바닥냈단다. 몸이 안 좋아서 농사를 짓지 못했다.

돈이 없으니 땅이라도 팔았는데 그때그때 곁에서 비위 맞추는 사람들 꾐에 넘어갔다. 마음이 좋은 날이면 논 한 뙈기 주고, 절에도 떼주었다. 할아버지가 좀 아꼈더라면 우리 아버지도 남들처럼 배우고 머슴살이를 안 했을지도 모른다. 그래도 아버지는 할아버지를 탓한 적이 없다.

아버지는 여든 살이 넘은 할아버지를 말에 태워 주었다. 할아버지를 업고 경주 나들이를 갔다. 작은오빠 말로는 그렇게도 좋아하더란다. 다음해에 돌아가실 때까지 말을 타던 이야기를 했다.

마가목을 회초리로 삼느라, 마가목으로서는 싫어도 사람을 때리는 삶을 보내야 하기도 했지만, 곱게 익어 새가 먹고 가장 높은 자리에 퍼뜨려 달라고 했을까. 여름 숲을 마가목 열매로 가장 먼저 물들이네.

마늘

아버지는 마늘을 아주 잘 묶었다. 들쑥날쑥 않고 마늘 뿌리를 반반하게 하고 쉰씩 둘을 묶으며 한 접을 손질한다. 마늘을 묶어 놓으면 나팔꼴로 펼쳐진다. 오일장에 내다 팔 적에는 깔끔하게 손질했다. 우리 마을은 마늘로 널리 알려졌다. 의성 마늘이다. 가음마을이나 읍내는 땅도 넓고 좋은데도 우리 마을 안전푸이 마늘이 으뜸이다. 약장사 아저씨가 서울에 가서 마늘을 팔아 돈을 많이 번 뒤로 전푸이 마늘은 입소문이 퍼진다.

아랫마을은 전푸이, 우리 마을은 안전푸이라 했다. 이웃 마을에 마늘이 안 되어도 우리 마을은 마늘이 잘 자랐다. 그래서 오래 잘사는 마을로도 알려졌다. 우리 마을 땅이 골짜기인데도 읍내 넓은 땅을 몇 마지기를 살 수 있고 가음마을 땅도 우리 마을보다 쌌다. 못도 없고 물이 적어 땅이 아무리 좋아도 마늘은 우리 마을보다 못하다.

우리 마을 어른들은 '꽁지 없는 소'라고 부른다. 소는 아니지만, 사람은 꽁지가 없으니 소처럼 일한다는 뜻이다. 마늘이 잘 되는 까닭은 땅이 기름지다. 똥오줌이며 거름을 넣고 풀이나 속새를 듬뿍 넣었다. 부지런히 논밭에 거름을 뿌리지 못하면 논이 기름질 수가 없다.

게으른 집은 마늘도 티가 났다. 굵기도 다르고 부피가 적다. 우리 집은 마을에서 마늘을 가장 잘 짓는다고 알려진 적도 있다. 마을에서 우리 아버지가 부지런하기로도 알려졌다. 거름을 많이 냈다.

씨마늘을 오래 하면 마늘 씨가 작다. 씨를 오래 쓰면 마늘이 세 쪽씩 여섯 쪽씩 나오자 어느 날부터 세 해마다 씨마늘을 바꾼다. 마늘이 굵고 쪽이 많아 잘 팔려 돈이 되었다.

이제 땅에 거름을 뿌려 줄 아버지도 없고 여섯 쪽이던 의성 마늘도 슬쩍 다른 나라 씨앗으로 바뀐다. 한 해 심은 마늘은 씨마늘이 되지 못하고 그해만 쓰는 씨앗이 되고 말았다. 적게 거두니 애써 우리 씨를 지키려고 하지 않는가. 의성 마늘은 작아도 맵고 단단하다. 우리 아버지는 글씨는 못 써도 마늘을 반듯하게 멋지게 묶었다.

마늘씨

한가위가 지나면 마늘씨를 쪼갠다. 여름에 캐서 가게 장대에 걸어두었다가 가을에 벗긴다. 마늘 꼬투리를 하나하나 딴다. 대가 바싹 말라서 비틀면 마늘대가 똑 부러진다. 안 떨어지면 가위로 자른다. 마늘 한 톨을 잡고 결대로 반을 쪼갠다. 그리고 하나하나 뗀다. 떼어낸 마늘에는 이미 뿌리가 가지런하게 자란다.

쪼갠 마늘을 크기대로 모은다. 허실은 허실대로 따로 담는다. 심을 적에는 굵은 씨앗부터 심고 씨앗이 모자라면 작은 씨앗을 심는다. 아주 작은 씨앗은 생채기가 있기도 해서 우리가 먹는다. 굵기대로 심는 까닭은 마늘을 캘 적에 굵기가 비슷해서 따로 고르지 않아도 된다. 굵은 씨앗과 작은 씨앗을 섞어 심으면 굵은 씨앗 곁에 자라는 작은 씨앗은 잘 크지 못한다. 캘 적에 작은 마늘이 끼면 따로 골라야 한다.

마늘을 걸어 둔 가게 밑에서 마늘씨를 며칠 밤낮으로 까느라 어머니 아버지 손이 까지고 갈라진다. 몇 톨 쪼개지 않아도 마늘물이 닿으면 따갑다. 반창고로 엄지손가락을 감고 또 깠다. 나는 손 아프다고 안 까면 되지만 어머니 아버지는 손이 부르트도록 깠다.

아버지가 논 손질 끝나면 소로 고랑을 탄다. 우리는 바가지에 마늘씨를 퍼담고 줄지어 엎드려 하나씩 놓는다. 어머니는 앞주머니를 차고 두 손으로 씨앗을 놓는다. 다시 아버지가 밭고랑을 타면 우리가 놓은 마늘 씨앗에 흙을 덮고 다시 씨앗을 놓는다. 마늘씨를 놓을 무렵에는 서리가 내리고 하얀 김이 나온다. 맨손으로 심느라 손톱 밑에 흙이 끼여 까맣다. 엉덩이를 쳐들고 놓느라 허리도 아프고 뒷다리가 무척 당긴다.

다음날 배움터에 가면 너도나도 절룩거린다. 우리는 그루갈이(이모작)를 해서 마늘 캐고 이어 모내기하느라 한 해 가운데 가장 바쁘다. 가을에는 벼를 베고 논 갈아 마늘 심느라 또 바쁘다.

마늘씨를 둘 얼음칸(냉동창고)이 없어 약을 치면 그 마늘은 씨앗으로 쓰지 못한다. 마늘씨를 놓는 날에는 온집안이 매달린다. 한 알 씨앗에서 여섯 쪽 한 톨이 나오고 씨앗은 몇 곱으로 돌아온다. 기름진 땅을 씨앗이 먼저 알아보고 쓰러졌던 우리 집을 일으켜 세웠는지 모른다.

마늘 캐기

유월 보름 무렵에는 비가 자주 내린다. 비를 안 맞히려고 마늘을 당겨서 캤다. 비 얘기만 뜨면 온 마을이 바쁘다. 수레를 타고 재 너머 마늘밭에 갔다. 모두 호미로 마늘을 하나씩 캤다. 소가 들어갈 길을 트면 아버지는 쟁기로 마늘을 깊이 갈았다. 마늘 심을 적처럼 줄지어 뒤로 물러서다가 소가 지나가면 쓰러진 마늘을 줍는다.

마늘 뿌리에 진흙이 붙었으면 마늘을 마주치면서 흙을 털어낸 뒤 나란히 넌다. 마늘을 다 주우면 어머니 아버지는 마늘을 묶고 우리는 곁에서 쉭쉭 헤아려 놓는다. 어머니가 하는 대로 따라서 짚으로 묶어 보지만 헐렁하다. 짚을 빙빙 돌려서 매듭짓는 일이 서툴다. 내가 묶은 마늘을 들면 마늘이 쑥쑥 빠진다.

어머니가 묶은 마늘을 우리는 두 손에 둘씩 거머쥐고 수레로 옮기면 아버지는 차곡차곡 높이 쌓는다. 마늘을 다 묶은 뒤 빈 논을 다니면서 떨어진 마늘을 줍는다. 우리 논은 이웃 마을에 있어 재를 넘는데 비렁길이라 울퉁불퉁하고 마른 먼지가 펄펄 났다. 오빠하고 아버지는 마늘을 집으로 나른다. 아버지가 가게에 올라가서 장대에 하나씩 건다. 밑에서 오빠가 하나씩 올려 주고 동생과 나도 거든다. 흙이 떨어져 우리 머리는 흙범벅이다.

어머니는 들일을 하고 저녁밥을 짓느라 매캐한 바람을 마신다. 마늘 장사가 이 집 저 집 다니면서 금을 저울질할 적에 때를 잘 맞추어 팔아야 한 해를 버티는데, 어느 해는 제값도 받지 못하고 또 어느 해는 마늘이 싸서 돈이 안 되기도 했다. 마늘값으로 살림이 버거웠다.

열여섯 살에 어머니는 나를 고등학교에 안 보내려고 했다. 집안살림을 뻔히 아는 터라 수학선생님이 간호학원으로 가면 좋겠다고 원서를 써 주었다. 원서 내는 날 어머니 바짓가랑이를 붙잡고 졸랐다. 안 가겠다는 작은오빠는 등을 떠밀고, 배우고 싶어 안달이 난 나는 가시내라고 안 보내준대서 울면서 떼썼다. 마늘은 내 마음을 헤아려 주었는지 그해 마늘금으로 살림을 조금 폈다.

동생하고 나는 아버지가 드실 막걸리 심부름을 도맡았다. 찌그러진 노란 주전자를 들고 다녔다. 달빛이 밝은 날에는 길이 잘 보였다. 그런 날은 느긋하게 걷고 달이 안 뜨는 날에는 캄캄해서 개울에 떨어지지 않으려고 순이네 담벼락을 잡고 걷는다.

우리 집에서 점방(가게)까지 거리가 삼백 미터 남짓이다. 영이네 어머니는 국자로 단지에 담긴 술을 퍼서 내가 갖고 간 주전자에 담는다. 술을 휙 젓고 주전자에 붓는 소리가 시냇물 흐르는 소리처럼 들렸다. 막걸리는 반 되 받는 날도 있고 한 되나 두 되도 받는다. 그런데 주전자를 건네받고 나면 손이 부끄럽다. 영이네 어머니가 돈 달라고 기다리는 눈빛이 돈 없다고 깔보는 듯해서 풀이 죽는다.

"또 외상이가?" 하는 소리가 너무나 듣기 싫었다. 내가 막걸리 심부름 가기 싫은 까닭이다. 아버지가 들일을 마치고 집에 오면 언제나 여덟 시쯤 된다. 시골이라 해도 빨리 떨어지는데 캄캄하도록 일하고 오신 아버지는 막걸리를 밥그릇에 부어 아주 맛있게 드신다. 입을 털고 "카" 하고 길게 소리 내며 마셨다.

가끔 놀다가 밖에서 마시고 온 날이거나 속상해서 거나하면 어머니한테 막말을 했다. 막걸리를 많이 드시는 날에는 아버지가 말이 많다. 그런데 모두 몇 낱말 안 되고 막말로 들렸다. 어느 때 아버지 헛기침은 아버지 말씀이었다. 막걸리는 전방에서는 술도가에서 받아와서 팔고 우리는 술을 담아서 먹다가 떨어지면 사 먹는다.

　막걸리에는 누룩이 들어가는데 장만하려면 시간이 걸리기도 하고 집에서 술을 계속 빚어 먹지는 못했다. 세무서에서 술을 살피러 나와서 몰래 담근다. 살피러 오는 날에는 마을 사람들은 뒷간에 쏟아붓는다. 산에 묻기도 했지만 무거운 단지를 들고 짧은 시간에 숨구다(숨기다) 다글리면(들키면) 벌금을 내야 한다. 오두막 우리 집같이 못 사는 집에는 잘 안 오고 잘 사는 집으로 다녔다.

　막걸리를 농주라 하고 우리 아버지는 늘 풀과 씨름하고 배가 고파서 배가 불러라고 마셨다. 배고파서 먹는데 왜 막걸리를 집에서 못 담그게 할까. 먹을거리가 모자랄까 못하게 했지 싶다만 막걸리는 배도 부르게 하고 고된 삶을 한동안 잊게 해주었는데 말이다.

씨앗을 주웠다. 껍질만 다르고 빛깔하고 생김이 밤과 닮았다. 까맣고 두꺼운 껍질에서 씨앗이 나온다. 못에도 딱딱하고 가시가 돋은 껍질에 씨앗이 있었다.

오빳골에는 못이 셋이나 있다. 못이 크기대로 줄줄이 있다. 우리는 가운데 못에서 잘 논다. 길 바로 옆에 있어 물에는 부레옥잠 닮은 풀이 물낯에 퍼져 넓게 덮는다. 작대기를 하나 꺾어 풀을 끌어올리다가 뱀을 본다. 작대기를 물에 탕 치며 뱀을 쫓는다. 풀을 다시 당겨서 푸른 열매를 딴다. 깨물면 알이 덜 여물어서 물이 찍 뻗는다.

가뭄이 들거나 논물을 댄 뒤에는 못에 물이 준다. 물이 빠진 자리에는 진흙이 드러난다. 진흙이 말라 쩍쩍 갈라진 자리를 밟고 말밤(마름)을 캔다. 진흙에서 나오는 말밤은 물 낯에서 건진 풀빛하고 다른 흙빛이다. 아주 딱딱하고 뾰족한 가시가 두 쪽으로 나고 세모지다. 깨물면 이가 부러질 듯 야물다. 하얀 가루가 나온다. 쌀가루 맛이 나는 가루가 쫀득쫀득하다. 어머니 아버지도 일하다가 호미로 말밤을 캐서 삶아 주었다.

못에서 나는 밤도 타박타박하다. 말밤 씨앗은 우리와 숨바꼭질하고 싶었을까. 우리가 찾지 못하게 진흙에 숨고 단단한 껍데기에서 숨었을까. 꼭꼭 숨어도 찾아내는 우리한테 말밤은 술래이지 싶다.

매미

서울 매미는 똑같은 소리를 한꺼번에 터트린다. 누구 소리가 높은가 내기하는 듯하다. 시끄러운 소리로 들린다. 깊은숲 매미는 서로 다르게 고운 가락으로 끊어지고 이어지고 쉬다가 한결 세게 힘을 싣는다. 어릴 적에 듣던 소리이다.

　마을에 큰나무는 거의 없지만 멧골 감나무에서 매미 울음이 들린다. 뒤안에 심은 감나무에 붙은 매미를 잡으려고 손가락을 모았다. 그러나 잡으려고 하면 날아갔다. 마당에 떨어졌다가 휙 날아가는 매미를 보기도 하고 죽어서 뒤집힌 매미만 보기도 했다. 아버지는 들일 하고 샛밥을 잡수러 올 적에 매미를 한 마리씩 잡아서 나를 주었다. 아버지는 동생하고 갖고 놀게 날개를 뜯어서 주었다. 어떤 날은 날개가 있어도 날아가지 못하는 매미가 있고, 울지 못하는 매미도 있다.

　아버지가 준 매미는 아이처럼 짧게 울었다. 나무에서 태어나 어두운 흙에서 몇 벌 허물을 벗으며 살던 애벌레가 다시 나무로 올라와 등을 가르고 날아가는 줄은 몰랐다. 어린 날에는 매미가 벗은 껍데기를 본 적이 없었다. 여름 한철 살아도 모습을 세 번 바꾸고 땅에서 나무로 하늘로 넓은 자리에 살면서도 떼로 울까. 짝을 찾아오는 매미는 귀가 잘 안 들리려나.

　　몸도 작은데 우렁찬 소리를 오래 내니 놀랍다. 하루도 모자라 한철을 울기만 하네. 울지도 날지도 못하는 매미는 나한테 노래를 가르쳐 주려고 왔는지 모른다. 울음소리가 사라지면 여름이 끝나겠지. 그때나 이제나 나는 아직도 목소리만 가다듬는다. 나도 어린 날에 그렇게 많이 울었지만, 너처럼 노래를 부르지 못해. 나는 노래를 부를 줄 몰라.

맷돌

맷돌 살 돈이 없을 적에는 마을에서 돌려가며 쓰는 돌을 썼다. 맷돌에는 돌구멍이 있어 암놈 수놈을 끼우고 돌린다. 아주 어릴 적, 그러니까 어머니 뱃속에서 맷돌 소리를 들었다고 한다. 어머니는 열아홉에 혼례를 했지만, 방이 하나뿐인 살림이었다. 방 한 칸을 가로 긋고 시아버지인 아픈 우리 할아버지와 함께 썼다. 세간살이라고는 구멍 난 솥하고 숟가락 하나뿐이다.

시집온 그해 아버지가 붉은감을 줍자고 해서 재 너머 효선골에 떨어진, 먹기 아까울 만큼 잘 익은 감을 주워서 탑리역까지 이고 가서 팔았다. 돌아오는 길에 감 판 돈으로 새미 못둑 과수원에서 사과를 사서 집으로 오는 길에 불래마을 사람한테 팔고 효선마을 사람한테 팔았다.

그 뒤로 어머니는 두부를 쑤었다. 어머니가 살던 가음 장터에 가서 두부 쑤는 길을 배우고 찐빵도 배웠다. 마을에서는 새신부가 친정 간 줄도 모르고 달아났다고 헛소문이 났단다. 오는 길에는 가음 장터에서 생선을 떼서 오는 길에 팔고 다시 생선을 떼러 가면 또 달아났다고 헛말이 돌았다. 마을사람은 하나같이 새신부가 못사는 집에 와서 버티지 못하고 달아난다고 말했다. 그럴수록 어머니는 악착같이 살았다.

이제 마을 맷돌을 빌려서 두부를 쑤어 팔 만큼 되었다. 아버지는 큰집에서 일하고 어머니 혼자서 큰오빠를 업고 땔감을 주워다 불을 지폈다. 한 손으로 돌리고 힘들면 손을 바꾸어 가면서 콩을 떠넣었다. 어처

구니 손잡이가 빠지면 헝겊을 박아 따로 놀지 않게 끼우고 돌렸다. 자루에 끓인 두부를 퍼담을 적에는 새끼줄을 문고리에 묶고 잠자는 어린 큰오빠를 깨워서 자루를 꼭 붙들게 하고 두부를 쑤었다.

새색시가 시집와서 큰오빠 작은오빠 나까지 낳고 넷째를 낳을 무렵에서야 언덕집을 사고 두부 파는 일을 그만두었다. 어머니한테는 어처구니가 없는 일이다. 어머니는 얼마나 아득했을까. 눈물을 또 얼마나 흘렸을까. 참말로 달아나려고 헤아릴 수 없이 다짐했는지도 모른다.

어쩌면 그런 생각도 할 틈조차 없이 얼른 두부를 쑤어서 팔아야 쌀하고 보리로 바꿔 밥을 지어 어린 우리 먹이려고 발버둥치고 어린 우리가 있어 버틸 힘을 냈는지 모른다. 묵직한 맷돌처럼 돌리고 돌려도 어긋나지 않게 견디고 버티어 주었다. 그나저나 나에게는 맷돌에 콩 한 줌 넣는 놀이는 놀라웠다.

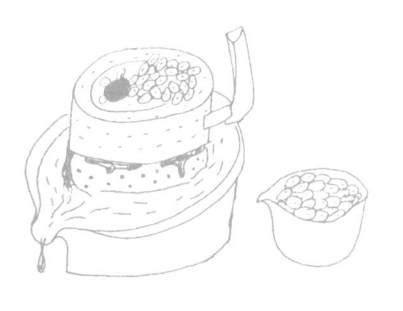

머루

앞집 우물가에 포도나무가 몇 그루 있었다. 자주빛으로 익어 갈 무렵이면 포도가 먹고 싶어 군침이 돈다. 앞집에는 마을사람이 드나들지 않았지만 나는 앞집에 자주 드나들었다. 무자위(펌프)에 물 한 바가지 붓고 길어서 물을 받은 뒤 보는 사람 없을 적에 머리맡에 닿는 포도를 몰래 몇알 따먹는다.

내 손이 닿는 수돗가에 있으니 물 뜨러 가면 먹고 싶다. 앞집 할아버지는 웃지도 않고 눈을 부라려 무섭지만 나는 할아버지 없을 적에 갔다. 큰집에도 우물가에 포도나무가 우거졌다. 나는 포도가 너무 먹고 싶어 샘 둘레를 돌다가 잘 익은 작은 송이를 몰래 따서 뒷산 뒷길로 먹으면서 집으로 넘어왔다.

하루는 어머니 따라 외가 친척 집에 갔다. 가음 장터에서 버스를 내려서 한참을 걸었다. 땡볕에 땀을 흘리며 닿은 집은 마루가 붙어 시원했다. 마루에 둘러앉아서 새콤하지 않고 달콤한 청포도를 처음 맛보았다.

우리 집은 우물도 없고 포도나무도 없지만, 머루를 실컷 먹었다. 금서 칡덤불 사이로 머루가 주렁주렁 있었다. 포도보다 알이 작고 엉성하게 맺혀도 맛은 포도보다 달콤했다. 아버지는 소꼴을 하면서 곧잘 따서 지게에 담아 왔다. 어머니는 머루를 얼금체 쇠그릇에 담아 씻어 준다. 한 송이씩 들고 마당을 돌면서 따먹고 씨앗과 껍질을 휙 불었다.

금서는 칡이 많아 풀이 우거져 들어가기 힘들기에 밭둑이나 논둑 가까이 덤불에서 땄다. 이제 머루는 풀이 우거져 숲속 짐승이 따먹을지 모른다. 한두 포기 집에 심었으면 좋겠다 바란 적이 있는데, 작은오빠도 나와 같은 마음이었을까. 오빠가 키우던 포도나무 두 그루를 시골 담벼락에 옮겨심었다. 앙상한 포도나무와 담벼락이 참 어울린다. 몇 송이 안 되는 포도를 한 알 따 먹으려다 어머니 드시라고 손을 내렸다.

멍석

산에 멍석 넷이 돌돌 말려 우두커니 있다. 계단 끝에서 숲 쪽으로 멍석을 퍼려는 듯하다. 그쪽 길이 질다 싶더니 깐다. 짚이 흙빛하고 비슷해서 티가 나지 않고 이젠 진흙을 안 밟을 듯하다.

어린 날에 알곡이 많이 나는 통일벼를 심은 뒤로 쌀밥을 먹는다. 짚으로 땔감을 하고 삼태기를 짜서 소죽 끓일 적에 담아 옮긴다. 할아버지는 짚으로 짠 삼태기가 무거워 소죽 끓일 적에는 들지 못하시니, 내가 거든다. 멍석은 새끼를 여러 가닥으로 꼬고 틈을 두고 줄을 한 가닥씩 위로 아래로 지나면서 엮는다. 멍석은 여름에 마당에 펼쳐 놓고 나락을 널거나 지게에 지고 밭에서 낟알을 털 적에도 깐다.

뻣뻣한 멍석에 널어 둔 벼를 거둘 적에는 쇠바가지로 톡톡 치면서 틈에 낀 알곡을 털어낸다. 집안에 큰일을 치를 적에 앉아 밥을 먹거나 신발을 벗고 들어가 누워 잠도 잤다. 설이나 한가위에는 윷도 던진다. 안 쓸 적에는 돌돌 말아 마굿간에 얹거나 장대에 올린다. 천막이 들어온 뒤로 낟알은 가볍고 질기면서 매끈한 천막을 깔아서 턴다.

마루가 들어온 뒤로 멍석은 멀어진다. 할아버지가 돌아가신 날에 대문 앞에 두고 멍석으로 덮었다. 겨울이면 아버지는 짚으로 한 해 쓸 연장을 장만한다고 새끼줄을 꼰다. 끝을 묶은 뒤 두 발로 괴고 두 손으로 비빈다. 비비는 팔은 올라가고 팔이 안 닿으면 엉덩이를 들고 짚 꼬리를 당긴다. 짚을 비비는 소리는 아버지가 비손(기도)하는 소리 같다.

　　아버지는 손바닥이 마르도록 무엇을 빌었을까. 삶이 메말라 침이라도 퉤퉤 뱉으며 꼬았나. 꺼끌꺼끌해서 맨살이 할퀴고 부스러기를 내어도 따뜻하게 아이 잘 키웠다고 노래 불렀겠지. 볍씨가 알곡이 되고 지푸라기로 자리도 내주고 바닥에서 올라오는 찬기운을 온몸으로 막아주고서야 몸을 펼 테고. 돌돌 말려서 붙은 이름일지 몰라. 씨앗 하나가 녹고서야 흙한테 돌아갔을지도.

메주

겨울이 되면 하루를 잡아 메주를 쑤었다. 볕 따뜻한 날 가마솥에 콩을 삶아 디딜방아에 찧어서 고무 그릇에 퍼담아 시렁이 있는 방에서 일을 나누었다. 쳇바퀴는 새끼줄을 친친 감고 보자기를 펴서 깔고 콩을 가득 채운 뒤 덮고 올라가 발로 자근자근 밟았다. 메주를 밟아 틀을 빼서 좀 두고 꾸덕꾸덕하면 짚으로 매달아야 하는데 우리는 방이 좁아서 틀에서 빼면 그대로 묶느라 애써 밟은 메주가 터져 떨어지기도 한다.

  겨울 동안 따뜻한 방에서 메주가 바짝 마르면서 곰팡이가 피고 속에서 뜬다. 메주 뜨는 냄새가 쿰쿰하다. 방안 가득 찬 메주 냄새이다. 머리에도 옷에도 배는 메주 띄우는 냄새를 아주 싫어했다. 우리는 설까지 이 냄새를 맡으며 잤다. 메주는 따뜻한 방에 놓아야 노랗고, 하얀 곰팡이가 피어야 잘 띄운 메주가 되고 잘못 띄우면 까맣게 핀다.

  설 쇠고 나면 메주를 쪼개서 장을 담갔다. 사월인가. 파리가 없을 적에 장단지를 열어 둔다. 비를 맞지 않는 처마 밑에 두고 장물 떠내고 된장을 쑨 다음 단지를 꽁꽁 처맨다. 똥파리는 단지를 덮어 두어도 뚜껑 밑으로 타고 들어가서 냄새나는 데서 알을 깔까. 어머니가 덮어 놓은 단지 속이 어쩌면 알을 지키기에 좋은 집일 테지.

  똥파리가 무서워 장을 못 담그지 않고 똥파리가 태어나지 않는 달에 담근다. 나는 똥파리가 된장을 좋아해서 맴도는 줄만 알았다.

멧딸기

멧골이라 논이 산에 있었다. 사화산 자락인 장골에서 금서로 가는 길은 메를 하나 오르고 등성이를 휘돌면 잔돌이 검게 깔린 내리막길을 지나 또 골이 나온다. 작은 못둑을 지나 멧길로 한참 오른다. 참나무가 작게 자란다. 길에서 옴을 자주 마주치고 흙보다 돌을 밟고 걷는다.

참말로 멀다. 아직 끝나지 않았다. 밭둑 논둑을 지나면 골과 골 사이에 물이 샘솟는 곁으로 크고 작은 다랭이논에 닿는다. 어머니하고 아버지와 오빠는 모내기하고 동생하고 나는 옆 등성이에 오른다. 봉우리가 오목하게 부드러이 높고 나무가 없는 민둥산으로 풀이 많다.

딸기넝쿨이 풀이 없는 바위를 덮으며 자란다. 넝쿨이 길게 엉키며 자라 신발에 걸려 다리가 긁힌다. 뒤뚱뒤뚱하게 걸음을 옮기면 멧딸기가 뒤덮었다. 멧딸기알이 물방울처럼 쩍 벌어졌다. 우리는 멧딸기 빛깔만 보아도 익었는지 덜 익었는지 쉽게 안다. 잘 익은 딸기는 알이 더 빨갛고 굵다. 우리는 빨간 멧딸기를 골라 빼먹는다.

금서에는 멧딸기를 먹으려고 따라왔다. 멧딸기만 먹어도 배가 부르다. 내가 먹은 멧딸기는 깨끗한 자리에서 자란다.

금서가 그렇게 멀고 내려오는 길이 미끄러워 엉덩방아를 찧어도 땀을 뻘뻘 흘려도 멧길을 오른다. 다른 마을 큰못도 훤히 내려다본다. 마을 동무 숙이는 아버지 몫까지 일하느라 지게를 짊어지고 풀을 베고, 나는 부지런한 아버지 그늘에서 멧딸기를 따먹었다.

여름이면 아이들이 우르르 몰려다녔다. 점낫골 못은 우리 헤엄터이다. 마을에서 가장 높은 집에 사는 옥이 언니네 뒤로 등성이를 하나 넘어 내려간다. 낭떠러지가 있어 좁은 비렁길을 건널 적에는 몸을 옆으로 돌려 건너는데 낭떠러지를 내려다보면 가슴이 철렁한다. 풀을 잡고 살금살금 건너 못둑에 이른다.

걸어오면서 주워온 납작한 돌로 물수제비를 뜬다. 마을에 넓은 내가 없어 물수제비는 못에서만 던진다. 몇 판 풍덩 빠지고 나서야 한두 판 수제비가 뜬다. 팔힘이 좋은 오빠가 던지면 돌이 물을 통통 튕기며 멀리 날아간다. 나도 몸을 옆으로 돌리고 낮추어 물하고 거의 반듯하게 엎드려 돌을 힘껏 던지면 바느질 뜨듯이 징검다리처럼 날아간다.

우리는 물수제비가 날아간 건너쪽으로 자리를 옮기고 남자들은 바위에서 물속으로 뛰어든다. 여자애들은 얕은 자리를 맡고 물가 바위 곁에서 손을 바닥에 짚고 물장구를 친다. 물이 얕아서 흙물이지만 물놀이는 신난다. 조금 들어가 보려고 해도 바닥이 고르지 않아 푹 빠지기도 하고, 뱀이 나올까 무서워서 작은 바위 곁을 떠나지 못했다.

남자들은 못 끝까지 건너며 놀기도 했다. 여자애들도 못 가운데로 헤엄쳐 갔다. 그러다가 나보다 나이 한 살 적은 숙이하고 오빠보다 나이 많은 언니가 장난치듯 허우적댔다. 다른 오빠들은 가만히 있는데 우리 오빠는 사람 빠졌다고 그대로 물에 뛰어들었다. 빠져서 허우적대던 숙이 머리카락을 잡고 나왔다. 둘을 우리 오빠가 물에서 건졌다.

갑자기 일어난 일이라 우리는 놀랐다. 우리 오빠가 아니었으면 숙이는 목숨을 잃었을지도 모른다. 그 일이 있는 뒤로 나는 못이 무서웠다. 뱀도 무섭고 멧그림자가 얼비치는 푸른빛을 띠는 물을 보면 소름 돋는다. 물속이 보이지 않아 무서웠다. 가둔 물은 왜 푸르스름한 빛으로 어두울까. 그날 오빠는 숙이네 아버지한테 고맙다는 말을 듣고 우리 어머니한테는 꾸지람을 듣는다. 남 살리려다 아들을 잃을 걱정하는 어머니 마음이지 싶다. 나는 오빠가 의젓해서 자랑스럽다.

모과나무

들은 말인데, 할아버지는 살림을 많이 물려받았다. 그렇지만 논과 밭을 잘 건사하지 못해 우리 아버지가 태어났을 적에는 알거지가 되었다. 집을 자주 옮겨야 했단다. 나는 옆집을 가끔 훔쳐보았다. 흙담 너머로 기와집과 매끈한 마루가 있고 마당에 텃밭을 가꾸었다. 대문은 나무로 짰고 아주 높았다. 대문 위쪽으로는 흙담을 지어 멍석이며 연장을 두었다.

모과를 주우러 가고 숨바꼭질할 적에 옛어른이 살던 옆집에 들어갔다. 내가 뒤안에 간 까닭은 모과 때문이다. 모과나무는 언덕집 나무인데 두 집 사이에서 자랐다. 뒷집은 친척이자 오빠뻘과 동생뻘 집이라서 자주 갔다. 뒷집을 가려면 마을을 반 바퀴 돌아야 해서 잔꾀를 부렸다. 우리 담을 밟고 돌 틈에 자란 나무를 잡고 뒷집에 갔다.

뒷집은 마을이 훤히 보이고 담은 어린 내 허리 높이로 조촐했다. 담 곁에 모과나무가 있다. 머스마들은 모과나무에 올라가 놀기도 했다. 나는 노랗게 익은 모과가 너무 갖고 싶었다. 모과가 떨어지면 옛어른이 살던 집으로 들어가야만 했다. 그렇게 내 손에 들어온 모과를 만지면 미끈미끈하고 냄새가 참 좋았다. 모과를 깨물면 단단했다. 씹으면 입안이 꺼끌꺼끌해서 물만 쪽쪽 빨아 먹고 찌꺼기는 뱉었다.

　모과는 꽃은 가볍게 배롱빛으로 냄새가 짙고, 열매는 굵고 울퉁불퉁하면서 노랗게 향긋하다. 무겁지 않을까. 그 많은 열매를 달고도 나뭇가지가 부러지지 않을까. 모과나무 가지가 튼튼해서일까. 빛깔도 곱고 냄새도 좋은데 사람들은 못생긴 사람을 보고 모개라 한다. 과일이면서도 그냥 먹지 못해서 그런 듯싶다. 뒷집 모과나무가 있어 나는 우리 옛 어른이 살던 집을 슬쩍슬쩍 들어가 보았다. 이제는 옆집도 빈집이 되고 모과도 쌓일 테지.

모깃불

여름이 되면 마당에서 잤다. 안방에서 뜨락을 밟고 두 계단 내려오면 마루를 붙여놓았다. 어머니가 밥을 할 적에 아버지는 마당에 불을 피운다. 볏단에 불을 지피고 풀을 덮었다. 연기가 많이 난다. 매캐한 연기가 마당을 휘돌고 바람에 떠밀려 다닌다. 우리는 마루에 앉아 저녁을 먹고 아버지 몽침이를 갖다 드리고 눕는다. 어머니는 거꾸로 눕고 동생하고 자려면 갈치잠을 잔다. 나한테 밀려나면 동생도 마당에서 잔다.

아버지하고 오빠는 마당에 멍석을 깔고 더 아무것도 깔지 않고 잘 덮지도 않고 잔다. 나도 멍석에 눕는다. 꺼끌꺼끌해도 넓은 멍석에 누우면 하늘에 눈길이 빼앗긴다. 눈썹달이 조금씩 살을 찌우며 보름달이 되었다가 다시 눈썹달로 사라지는 달을 구경한다. 캄캄한 밤하늘에 별은 얼마나 반짝이는지 밤늦도록 별을 헤아리고 별을 찾는다. 올록볼록 카시오페아 국자꼴 북두칠성 북극성 작은곰자리 큰곰자리를 잘 찾았다.

아홉 살에서 열세 살 적에 본 밤하늘과 여름밤은 어린 날 하나뿐인 책이다. 별을 헤아리면서 잠이 든다. 새벽이슬을 맞으면 방으로 옮기는데 찬기운에 새벽에 깨서 혼자 방으로 건너가기가 싫었다. 네 시가 되면 일어나는 아버지는 나를 안고 방에다 누인다. 내 몸이 뜨락을 오르는 줄 느낀다. 설핏 잠이 깨도 자는 척한다.

어머니 아버지도 마당에서 잔 뒤로 그제야 하늘을 제대로 본다. 낮에는 일하느라 하늘 볼 틈이 없고 언덕집에 살 적에는 방도 좁고 마당이 아주 좁아 누워 본 적이 없다. 이렇게 집도 더 커 보이고 마당이 있어 여름을 시원하게 잔다. 집을 얻고도 빼앗겼다가 해가 바뀌고서야 겨우 샀다. 우리가 없이 산다고 남한테 팔려고 했던 집인데, 숙이네 아버지하고 정이네 아버지하고 친척 아재가 귀띔해서 얻었다.

못산다고 얕봐도 그 많은 설움 이겨낸 어머니 아버지는 큰 마당에 누워서 얼마나 좋아할까. 우리는 별을 마음껏 보아서 얼마나 좋았는지 모른다. 그 많던 별은 다 어디 갔을까. 모깃불 연기가 어머니 아버지 설움을 매운 연기로 씻어 주고 마당도 하늘을 보는데, 반짝이던 별은 이제는 하늘에 별 찾기가 되는가.

모심기

마늘을 캐고 난 뒤에 아버지가 논을 삶는다. 논에 물을 대고 갈았다. 진흙 논을 맨발로 밟고 소로 갈고 경운기로 갈았다. 볍씨를 뿌려 놓은 논에는 물이 늘 찼고 볍씨가 한 뼘쯤 자라면 모판에서 모를 잡아뽑아 한 줌씩 짚으로 묶어서 삶은 논에 군데군데 던진다. 지게에 담아 나르기도 하고 우리는 두 손에 거머쥐고 맨발로 비틀거리며 논둑에 들어가서 던진다.

아버지하고 어머니가 줄을 잡고 맞추면 던져 놓은 모를 한 줌 빼서 한 손에 들고 서너 뿌리를 떼어내 줄 따라 물에 꾹 눌러 심는다. 다음 줄이 바뀌면 한 걸음 뒤로 물러난다. 앞서 밟은 자리가 깊어 모를 심으면 물에 다 잠기거나, 떠서 물에 둥둥 뜬다. 웅덩이에 흙을 모으고 모를 심는다. 발목과 종아리가 따끔하면 거머리가 붙었다. 검고 미끄러운 거머리가 피를 빤다.

나는 거머리만 보면 소리를 먼저 질렀다. 떼는 일도 징그러웠다. 손으로 빼려 해도 잘 안 빠졌다. 오빠는 거머리가 다리에 붙어도 아무렇지 않게 떼는데 나는 거머리만 붙으면 물논에 발을 동동 구르며 놀라서 뛰쳐나왔다. 장화를 신으면 거머리가 달라붙지 않는데 내가 신을 장화도 없으니 우리는 모두 맨발로 일했다.

흙이 보드라워 진흙에 푹푹 빠져도 깊지 않다. 새참으로 먹는 미숫가루처럼 뻑뻑하다. 내가 더 어릴 적에는 아버지가 논을 삶고 높이를 고를 적에 나를 물낮으로 끌고 다닌다. 새참을 담아 온 고무그릇에 우는 나를 태우고 논을 몇 바퀴 돌았다. 나는 물논 진흙물결을 미끄럼 탄 셈이다. 울면 탈 수 있었다.

논에 물을 대면 물이 어떻게 고일까. 물이 없으면 못물을 또 대고 물을 채운다지만 발밑이 흙인데 물을 빨아들일 텐데. 발이 푹푹 빠지기도 하는데 진흙이 막으려나. 물을 가둔 못도 바닥은 흙이고 진흙이니까 진흙이 물을 뚫고 밑으로 스며들지 않도록 막아주지 싶다. 모내기하는 동안 흙은 발과 다리를 보살펴 준다. 모를 잘 키워 주었기에 쌀밥을 구경한다.

무궁화

창밖을 보는데 무궁화 꽃송이가 하나 떨어진다. 어느 꽃은 활짝 핀 채로 꽃잎을 떨구며 시들고 동백꽃도 핀 채로 떨어지던데, 무궁화는 부채처럼 펼쳤다가 이 잎을 접고 통째로 떨군다. 나무를 바라본다. 군데군데 하얗게 꽃이 피었다. 하나 피면 하나가 떨어지는 꽃인가.

어릴 적에 무궁화는 배움터에서 보았다. 우리나라 꽃은 무궁화이고, 배움터 나무(교목)는 향나무인데 시험문제로 나왔다. 마을에서는 아이들이 모이면 술래잡기를 했다. 한 아이가 엄지를 치켜들고 "숨바꼭질할 사람 요기요기 붙어라." 하면 골마다 아이들이 뛰어나왔다. 엄지를 잡고 또 잡으며 손탑이 되었다. 열이 모이면 가위바위보를 해서 술래를 세우고 숨었다.

술래가 담벼락에 손을 짚고 눈을 감고 "무궁화 꽃이 피었습니다." 열을 헤아릴 동안 숨었다. 나는 순이네 집 뒷간에 숨었다. 동무와 둘이서 숨을 죽이며 냄새를 참았다. 술래 발자국이 담을 따라 반쯤 오는가 싶더니 돌아갔다. 이때다 싶어 우리는 달려나가 술래가 없을 적에 담을 찍었다. 술래가 읊은 말은 열을 헤아리고 백까지 헤아린 셈이다.

일본에서 들어온 놀이라지만, 우리는 그런 줄도 모르고, 아니 우리끼리 즐거워 무궁화라는 꽃을 늘 노래하면서 놀았다. 무궁화 꽃은 우리가 꽃이 피었다고 놀이를 많이 해서 꽃을 잘 피울까. 요즘도 어디선가 저를 노래 부르는 줄 알까. 술래를 해서 시험을 맞춘 줄 알까.

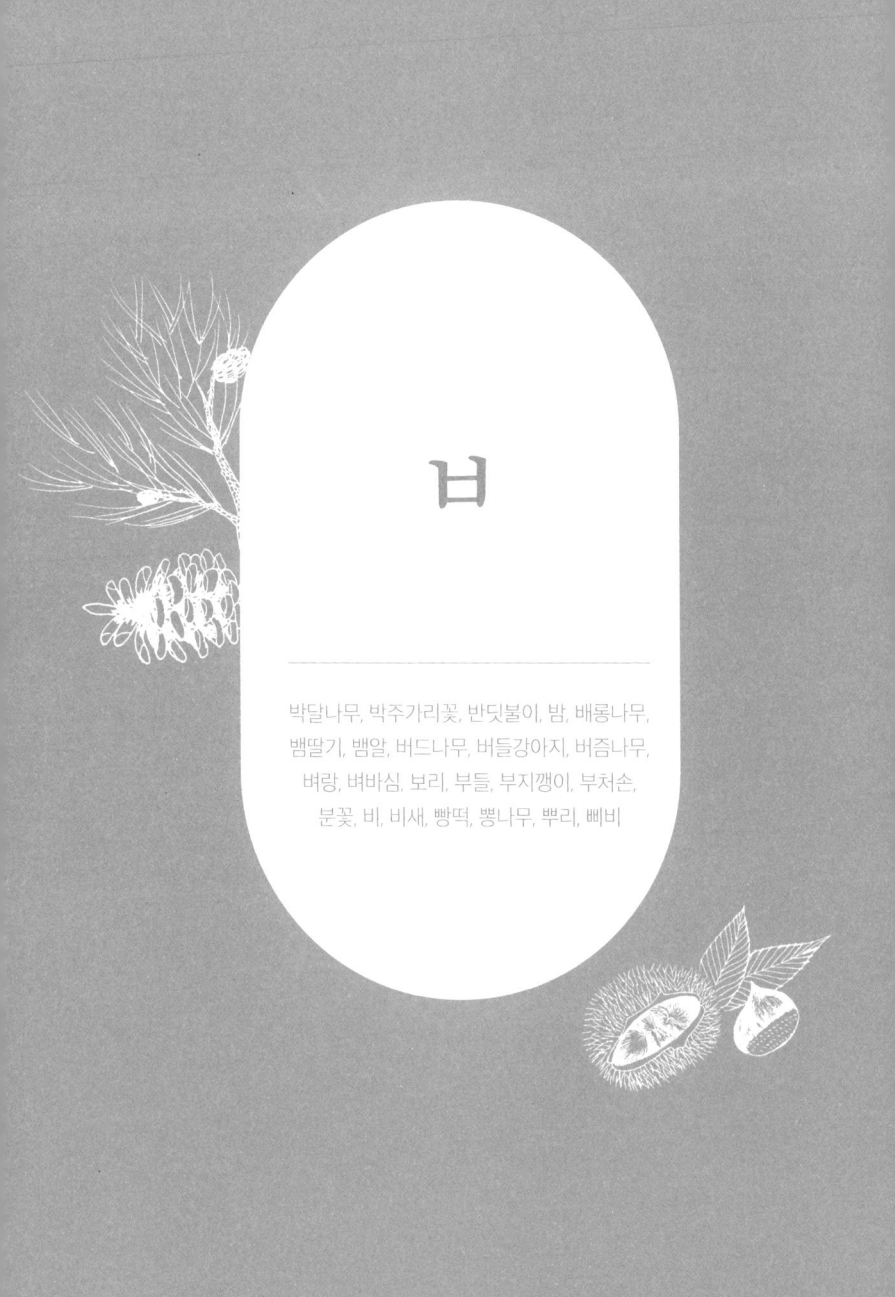

ㅂ

박달나무, 박주가리꽃, 반딧불이, 밤, 배롱나무,
뱀딸기, 뱀알, 버드나무, 버들강아지, 버즘나무,
벼랑, 벼바심, 보리, 부들, 부지깽이, 부처손,
분꽃, 비, 비새, 빵떡, 뽕나무, 뿌리, 삐비

박달나무

나무는 잎하고 열매를 보면 알기가 쉬운데, 박달나무는 벚나무 참나무 앵두와 잎이 닮았다. 열매는 벌레처럼 생기고 누렇다. 어린 날에 아버지는 이 나무를 베서 홍두깨로 썼다. 낫으로 껍질을 얼추 벗기고 대패로 다듬는다. 잘 사는 집은 공장에서 사고 우리 집은 공장에 갈 살림이 안 되어 나무를 베어서 쓴다.

어머니는 아버지가 다듬어준 홍두깨로 국수를 밀었다. 밀가루를 포대기로 사 놓고 쓰기도 하고 밀밭을 지었다. 디딜방아에 두드려서 밀을 씻어 말린 뒤 국수를 빚는다. 어머니는 양푼이에 가루와 물을 섞어 빨래치대듯이 두 손으로 반죽을 했다. 나무판에 놓고 홍두깨로 밀고 돌려서 또 밀었다. 동그랗게 펼치는 반죽은 모자 꼴이 나오다가 차츰 봉긋한 가운데를 납작하게 편다. 납작하게 펴면 홍두깨에 말아 손으로 쓱쓱 바깥쪽으로 훑으면 얇고 넓다.

돌돌 만 반죽이 서로 달라붙지 않게 밀가루를 묻혀 가면서 훑는다. 반죽을 보자기만큼 커다랗게 밀면 널어 두고 마실 한 바퀴 돈다. 꾸꾸해지면 착착 접어서 꽁지를 잘라내고 채썰었다. 우리는 꼬랑지를 받으려고 눈이 빠지도록 기다렸다. 꼬랑지를 아궁이에 넣고 불에 구우면 올록볼록 부풀고 바삭하다.

어머니가 국수 반죽에 콩기름을 넣어서 벙긋벙긋 일어난다고 했다. 우리는 어머니가 구워 준 국시 꼬랑지를 서로 얻어먹으려고 싸우기도 했다. 쌀밥을 먹지 못해 보리밥을 먹고 여름에는 보리밥이 잘 쉬어서 국수에 말아 물배를 채웠다. 박달나무 열매가 벌레 같아 징그럽다고 여겼는데 무거운 몸으로 국수를 눌러 밀어주었네. 동글게 커 가는 박달나무야, 벌레 닮은 열매라고 보고도 알아보지 못해서 미안해. 네가 도와 꼬랑지 밥을 잘 먹었구나.

박주가리꽃

어린 날에 다니던 마을 앞산 길이 막혔다. 밭으로 내려오니 멧돼지가 내려오지 못하게 그물 담을 쳐서 멧자락을 다 막았다. 풀밭을 밟고 되돌아가다가 박주가리를 두 포기 만났다. 박주가리가 뒤늦게 영글었는지 아직 풀빛이었다. 껍질이 오돌토돌하고 앞머리는 도톰하고 끝은 가늘다. 눈썹을 닮았다.

덤불에 손을 넣어 박주가리를 하나 땄다. 알이 꽉 차서 부른 배가 벌어졌다. 그 틈을 엄지손으로 벌렸다. 고치처럼 하얀 속에 박주가리 씨앗이 들었다. 촘촘한 깃털로 모였다. 깃털 끝에는 마른 고추씨앗처럼 납작한 씨앗이 붙어 성냥개비를 닮았다. 손으로 조금 떼어내니 빈틈없이 붙은 얇은 알맹이가 미끄러졌다. 몇 집어 씹었다. 깃털이 촉촉해서 입에 넣으면 살살 감친다. 알갱이를 씹으면 겨울에 내리는 눈을 밟는 소리가 뽀드득 난다.

어린 날에 덜 익은 박주가리도 따먹었다. 누렇게 익을 적에 따거나 쩍 벌어지면 하얀 깃털이 마른다. 우리는 바람이 불면 솜털을 날렸다. 하얀 깃털이 햇살에 반짝였다. 박주가리는 껍데기만 터지기를 기다리면서 바람을 맞고 싶었겠지. 메 너머 마을이 궁금할 테고. 촉촉한 깃털은 미끄럼틀 타기를 좋아하나.

내 손바닥을 빠져나간다. 솜털은 씨앗 하나씩 달고 바람에 나붓이 낯선 땅에 날아갔지 싶다. 또 한 철 지나 날아서 다른 숲으로 길을 나설 테지. 박주가리는 한 철 뿌리 내어 애써 맺은 열매를 우리한테 주고 우리 몸을 빌려 멀리 보냈을지 모른다. 바람에 멀리 날아가며 놀았던 박주가리, 박주가리하고 박은 무엇이 닮았을까. 생각해 보면 우리 어머니도 박씨이네.

반딧불이

여름이 되면 반딧불이가 찾아온다. 반딧불이가 꽁무니를 빼고 날아가면 쫓아다녔다. 부엌은 백열등을 썼다. 부엌과 수돗가를 비추는 불은 그을림이 앉아 불을 켜도 어둑하다. 밤이 깊으면 부엌에 불을 켜 놓았다. 마당에 펼쳐 놓은 자리에 누워 밤하늘을 바라보았다. 빛나는 작은 별과 그 가운데 더 반짝이는 별을 찾아보면서 하나둘 헤아렸다. 밤하늘 별을 보았더니 우리 집 마당에 별이 찾아온 듯했다.

모깃불이 모락모락 피어나는 마당에 반딧불이가 날아다녔다. 휙휙 날아 옮기는 빛줄기가 하늘에서 별똥별이 떨어지는 모습을 보는 듯했다. 불이 어디서 반짝일까. 살금살금 자리에서 일어나 반딧불이를 따라 두 손으로 잡아 보겠다고 뱅글뱅글 돌고 골목으로 뒤쪽으로 날아가는 반딧불이를 따라다녔다. 캄캄한 곳에 한참 있으면 우리 눈이 어둠에도 길을 찾고 반딧불이가 밝아 나무에 붙기도 하고 풀에 있다가 불빛이 어디에 앉는지 다 보여준다.

우리 골목 끝에는 장골에서 내려오는 개울물이 흐른다. 골목이 길어서 개울인 줄 알까. 마당에서 우리와 같이 춤을 추고 싶었을까. 잡으려면 기다란 불꽁지로 그림을 그리며 내빼면서 한여름 밤에 술래잡기를 했다. 작은 몸에서 어떻게 밝은 빛을 내나. 알도 불빛을 내나. 밤길을 불빛 보고 따라오라는 뜻일까.

반딧불이는 밤마다 뭉쳐 다니고 동무도 많네. 동무들과 한바탕 놀다가 짝을 찾는 듯하다. 거미와 새나 벌이나 개구리한테 먹히지 않으려면 불빛이 없어야 할 텐데, 왜 환하게 드러내고 다닐까. 모두가 잠든 줄 알고 맑은 밤바람을 누비며 짝을 찾고 떠나면서 마지막 잔치를 벌이는지도 모른다. 반딧불이 이름이 예쁜데 굳이 개똥벌레라 한다. 반딧불이는 무얼 먹고 살까. 똥을 먹을까. 얼굴은 어떻게 생겼을까. 불빛만큼 아름다울까.

한가위에 마을 동무와 금성산에 올랐다. 풀을 헤치고 길도 아닌 비탈진 자갈을 밟고 오른다. 발이 미끄러지지 않게 돌을 밟다가 돌이 굴러떨어져도 올랐다. 더 올라갔다가 내려올 적에는 썰매를 탈지 모른다는 생각에 무서웠다. 길이 가팔라 중턱에서 멈추었다. 끝내 끝까지 오르지 못했지만 내려오는 길에 밤을 서리했다.

밤나무 곁에 떨어진 밤을 까니 굵었다. 나무를 흔들어 밤송이를 떨어트렸다. 쩍 벌어진 송이를 두 발로 밟아 작대기로 벌려서 알을 꺼냈다. 빈손으로 왔다가 주머니 가득 밤을 넣거나 품에 넣었다. 떨어진 밤만 주웠더라면 떨리지 않았을 텐데, 나무에 달린 밤을 흔들어서 따고 보니 덜컥 무서웠다.

작은오빠 동무들이 아랫마을 길가에 있는 능금밭에 들어가 재미라며 능금을 따서 먹다가 밭임자한테 잡히자 경주로 집을 나가버렸다. 어머니가 능금값을 물어준 일이 있었다. 남이 심어 놓은 밤을 몰래 따서 밭임자가 알면 얼마나 속쓰릴까.

누가 먼저랄 것도 없이 모두가 한마음으로 한 일이었다. 집까지 오는데 가슴이 콩닥거렸다. 밤은 가시를 감싸서 누구도 오지 못하게 하려고 했지만, 우리가 가로챘다. 밭임자는 멧짐승이 먹었다고 알지도 모른다. 가시에 찔리면 따끔하고 피가 맺혀도 둘러앉아 삶아먹는 재미가 크다. 때로는 겨울잠 자려는 벌레가 먹은 밤을 깨무는데, 이럴 때에는 퉤

퉤 뱉는다.

알이 굵은 밤을 칼로 갈라서 작은 숟가락으로 파먹고 껍질째 자근자근 씹는다. 밤이 타박하고 배도 부르다. 밤은 가시로 밤알을 감싸면서 무슨 생각을 할까. 타박한 밤을 우리한테 주면서 사람들이 먹다가 얹히지 말라고 미리 손을 따 주려나. 밤은 가시 몸과 다르게 마음이 고운지도 모른다. 그날 먹은 밤은 참으로 맛있었다. 우리만 아는 일이다.

배롱나무

자주 가던 뒷골에 배롱꽃이 발갛게 피었다. 봄이면 개나리가 피고 여름이면 배롱꽃이 피고 겨울이면 눈꽃이 피는데 나무가 우거져 가지와 가지가 맞닿았다. 꽃도 나무도 참 곱다.

어린 날에는 배롱나무를 본 적이 없다. 나무가 매끄럽고 꽃잎이 꼬불꼬불 종이를 구겨 놓은 듯하다. 배롱꽃을 보면 어릴 적에 접던 종이꽃이 떠오른다. 봄과 가을에 학교 잔치가 열리면 언제나 마을잔치였다. 마을 언니들과 꽃을 만들었다. 얇은 종이 몇 겹을 모아 부채꼴로 접어서 반으로 꺾어 실로 묶었다. 그런 다음 이 종이를 한 장씩 펼치면 꽃이 되었다. 배롱꽃빛이었다.

손가락에 묶고 고깔 모자에 실로 꿰매어 쓰고 춤을 췄다. 우리가 만든 종이꽃은 작약꽃만큼 컸지만, 종이가 하늘거려 배롱꽃을 닮았다. 여름에 배롱나무 굴을 지나면 붉게 배롱꽃이 피듯이 핏대를 높여 춤추던 종이꽃을 보는 듯하다.

꽃과 나무가 고와서 뜰을 건사하면 한 그루 가꾸고 싶은 나무이고, 배롱나무에 핀 꽃을 볼 적마다 운동장이 떠나갈 듯 부르던 우리 목소리가 피어난 듯했다.

뱀딸기

금성산에는 멧딸기가 아주 많다. 금서 가는 날이면 등성이에 올라가 딸기를 쏙쏙 빼먹었다. 줄기에 가시가 돋고 나무로 자랐다. 그러나 뱀딸기는 논둑 밭둑 못둑에 작은 풀밭에 한뼘 풀로 올라왔다. 가시도 없고 빛깔만 멧딸기하고 뱀딸기가 닮아 보이지만 꼴이 다르다.

뱀딸기를 한 입 베물면 안이 하얗고 허벅허벅하고 싱겁다. 멧딸기는 새콤하고 알알이 붙어 하나로 영글었다. 뱀딸기는 뱀이 먹고 사람이 먹지 못하는 딸기인 줄 알고 먹지 않았다. 빛깔이 고운데 왜 사람들이 무서워하는 뱀딸기라 할까. 풀이 작아서 바닥을 기어 다니는 뱀이 먹는 줄 알까. 뱀한테 있는 독을 밍밍한 딸기로 썼을까.

뱀이 나한테 뭘 하지 않는데도 무섭다. 뱀딸기는 내가 뱀 보고 놀란 몸에 돋은 소름 같다는 생각을 했다. 내 몸이 추울 때 돋는 살결 같다고 먹지 말라고 보여주나.

우리가 먹는 딸기는 줄기에 가시가 있지만 뱀딸기는 줄기가 부드럽다. 사람한테 뱀딸기는 달지 않으니 뱀도 먹으라고 놔두는 풀꽃인지 모른다. '뱀딸기'가 아닌 '토끼딸기'나 '사슴딸기'라 했으면 어땠을까. 그러면 흘깃흘깃 보았을지 모른다.

뱀알

마을 밖 느티나무를 지나 배움터로 갔다. 느티나무에서 오십 미터쯤 되는 자리에 오른쪽은 논이고 왼쪽은 금성산에서 뻗은 등성이가 끝난다. 나지막해서 산으로 해서 모퉁이에 자리잡은 무덤으로 미끄럼틀 타며 내려오고, 돌아올 적에는 무덤 뒤로 낑낑거리며 올라와서 느티나무 자리로 빠져나온다.

오르고 내려가는 자리부터 살짝 내리막길이고 멧자락은 검붉은 돌이 겹겹을 이루고 손으로 건드리면 멧길 돌이 떨어진다. 흙이 없는 돌틈은 늘 물을 머금는다. 떨어지는 물이 골로 흐르고 좁은 물길 따라 풀이 자란다. 나는 그 자리를 지날 적마다 뛰었다.

하루는 배움터에서 돌아오던 길에 뱀을 만났다. 동무들 여럿이 돌을 주워 뱀을 때려잡았다. 사내들이 돌로 뱀을 찍었다. 죽은 뱀은 풀빛이 아니면 나무빛을 띠었는데 터진 배에 뱀알이 있었다. 메추리알만한 크기로 하얗다.

뱃속에 알을 품은 뱀을 잡아 뱀이 우리 집 쌀독에 들어가 알을 놓는다는 말이 나돌았다. 파랗고 커다란 쌀통을 보면 나 때문에 뱀이 나오는 줄 알고 무서웠다. 뱀이 벗어 놓은 허물도 길에서 자주 보았다. 뱀은 무늬가 얼룩이 지고 살결이 보드라우면서도 무섭다. 매끈한 몸이지만 혀를 날름 내밀기도 하고 독뱀한테 잘못 물리면 죽는 줄 알았다.

뱀은 강아지와 달리 우리가 다가가지 못하는 짐승이었다. 우리를 건드리지도 않는데 뱀을 보면 내빼거나 죽이려 달려든다. 뱀은 어쩌다가 사람한테서 미움을 받을까. 뜯긴 살점을 벌려 나뭇가지로 알도 꺼내어 잘못 없는 뱀가족을 박살냈다. 따뜻한 볕을 쬐려다 우리 손에 애꿎게 죽은 알을 밴 뱀아, 그때 우리가 잘못했어. 봐주렴. 우리가 너무 끔찍하게 한 일이 자꾸 떠올라. 그날 내 허물을 벗고 싶구나.

버드나무

우리 마을에는 냇가 논둑에 버드나무가 있었다. 배움터서 오는 길에 버드나무를 꺾어 피리를 삼았다. 연필 깎는 칼로 자른 다음 손가락 굵기로 나뭇가지 끝을 끊는다. 가지를 물을 짜듯 뒤틀고 얇은 가지 쪽을 잡아당기면 나무가 빠지고 속이 빈 껍질이 쏙 빠진다. 입에 물릴 자리에 동그란 껍질 끝을 접어서 0.5cm로 겉껍질을 훑으면 속껍질이 나온다.

입술을 입안으로 말고 입에 넣어 불면 굵직한 소리가 났다. 방귀 소리 같고 짧게 끊긴다. 소리를 내려고 오므리고 불면 입술이 얼얼했다. 피리는 가늘어도 안 되고 딱 연필 굵기 부드러운 작대기라야 조금만 비틀면 껍질이 빠졌다.

겨울 동안 잎을 떨구고 있던 버드나무는 봄눈을 틔우려고 봄볕이 따뜻한 사월에 물을 올린다. 겨울 동안 참았던 목마름을 적시느라 물이 무섭게 오를까. 물과 껍질이 따로 논다. 물을 너무 먹어서 속나무가 술술 빠졌다. 우리는 버드나무로 사월 한 철만 피리를 불었다. 여름이 되면 껍질이 안 틀어졌다.

배움터 연못가에도 한 그루 있어 피리를 삼아 불었다. 자랐던 나무라서 맛이 쓰다. 집에서 불다가 놔두면 껍질이 말라서 소리가 나지 않는다. 막 나무를 잘라서 불어야 야들야들 울리며 입술이 떨렸다. 뒤뜰 연못가 버드나무는 가지가 머리를 풀어헤친 듯했다. 컴컴한 연못에 얼비쳐 무서웠지만, 우리 마을 냇가에 있는 버드나무는 무섭지 않았다.

　물이 차서 그런가. 버드나무는 하늘로 가지를 뻗지 못하고 축 늘어지네. 물속에 비치는 제 모습을 볼까. 물을 좋아하는 나무이네. 어머니는 버드나무를 보고 여자는 떠내려가는 뿌리에 걸려도 산다고 했다. 산들바람에도 흔들리는 가지는 물을 많이 먹고 부드럽고 몸으로 춤추며 노래하며 살라는 뜻일까. 냇가에 흐르는 물이 일으키는 바람에도 덩실덩실 춤출까. 겨우내 움츠리던 몸에 물이 올리니 좋아서 신이 났다. 내 입이 닿아 간지럼타는 웃음일까. 물을 빨리 먹어 게워내는 소릴까. 뚝뚝 끊어지는 낮은 소리는 굵직한 나팔 소리를 내고 바람이 빠지고 풀어지면 꾀꼬리 나팔소리 나네.

버들강아지

열다섯 살인 나는 배움터 가는 길이 멀었다. 집에서 아랫마을을 지나 멧골로 올랐다. 뒷산보다 높은 멧골이지만 몸이 작은 그때는 오르막을 높게만 느꼈다. 조금이라도 빨리 가려고 지름길로 가기도 했다. 덜 가파른 길로 돌아서 꼭대기에 닿으면 구불구불한 멧허리를 따라 긴 오솔길을 한참 걸으면 이제 가파른 내리막길로 미끄러지듯 쫓기듯 숨차도록 멧길을 다 내려오면 마을이 보이고 길이 좋았다.

윗음지 아래음지 마을 지나고 큰 내를 잇는 다리 하나를 건너 양지마을을 지나면 닿았다. 하루는 아랫마을을 지나 멧산을 올랐다. 오솔길은 혼자 지나갈 틈밖에 안 될 만큼 좁으니, 누가 말하지 않아도 줄을 지어 걸었다. 나는 맨 앞에 걷고 싶었다. 그렇지만 나는 꼴찌로 가기로 했다. 걷다가 뒤를 힐끗 보고 또 돌아보았다. 아랫마을 숙이하고 희야가 뒤따라왔다.

나는 두 동무한테 길을 비켜 주려고 섰다가 버들강아지를 만났다. 잿빛 털이 난 작은 버들강아지가 눈망울을 틔운다. 손을 가까이 대어 만진 털이 보드라웠다. 두 아이가 내 앞에 다 지나가고서야 멈춘 발걸음을 옮겼다. 키가 크고 늘씬한 숙이 뒤를 따라갔다. 나는 뒤에 누가 따라오면 아주 싫어했다. 뒷모습을 남한테 보이기 싫었다. 자취할 적에 집임자 할머니가 똑바로 안 걷는다고 말 한 뒤부터 그랬다.

등성이가 끝나고 다시 내려올 적에는 두 동무를 앞지르고 우리 마을 아이들을 따라잡았다. 가파른 내리막길은 내 뒷모습을 찬찬히 보지 못한다고 생각했다. 버들강아지 앞에 멈춰서 뒷사람이 지나가기를 기다리던 그때가 얼마나 길었는지 모른다. 하얗게 눈이 앉은 듯한 잿빛 버들강아지는 나를 살며시 다독여 주었다. 몹시 부끄러워 남 앞에 떳떳하게 걸어가지 못하던 때 버들강아지가 아픈 마음을 쓰다듬었다. 작고 보드라운 털이 좋아 버들강아지를 닮은 옷을 한동안 입고 다녔는지 모른다.

버즘나무

어린 날 배움터 가는 들길에는 나무가 한 그루도 없다. 논을 가로지른 길은 그렇다. 배움터에는 버즘나무가 운동장을 둘러쌌다. 나무 사이에 매달아 놓은 그네를 타고 널놀이(시소)를 탔다. 운동회가 열리면 나무 밑에 마을마다 자리를 깔고 앉았고, 아이들이 청군 백군으로 앉았다. 나뭇잎이 커서 햇빛을 가려 주고 찬바람이 불면 손바닥 크기 나뭇잎이 떨어져 바람에 굴러다녔다.

버즘나무를 가만히 보면 껍질이 벗겨졌다. 어린 날 내 얼굴에 피던 마른버짐 같다. 어릴 적에 입가와 두 볼에 하얗게 동그라미로 피었다. 터실터실한 살갗이 가려워 긁는다. 얼굴이 말라 당겨도 촉촉하게 해줄 꽃가루(화장품)도 없고 연고도 없었다. 밥을 잘 먹지 못해서 얼굴에 허옇게 자주 피었다.

하루는 아버지가 고등어가 너무 먹고 싶어서 비육병에 걸렸다. 참으려고 해도 고기가 먹고 싶어하는 아버지를 보다 못한 어머니가 읍내에 가서 고등어 한 손을 사 왔다. 아버지 혼자서 먹지 못하니 같이 먹었다. 얼굴에 버짐이 나도 약을 먹지 않고 저절로 삭도록 내버려 두었다.

버짐이 피다가 어느 날 말끔하다. 내 버짐이 언제 사라졌는지 그다지 눈여겨보지 않는다. 우리 얼굴에 난 버짐은 동그라미만 그리는데 버즘나무는 사람 얼굴도 그리고 짐승도 그리며 껍질이 벗겨졌다. 벗겨진 나무를 만지니 푹신하면서 보드랍다.

버즘나무는 껍질이 똥일까. 벗겨져서 춥지 않을까. 버짐이 언제 사라지는지 모르게 낫듯이 나무도 많은 잎을 건사하느라 껍질이 벗겨지는지 모르나. 햇볕을 듬뿍 먹으면 나으려나. 버즘나무가 흙먼지 바람을 너무 먹은 탓일 수 있다. 우리 더위 식히느라 힘들었겠지. 버즘나무는 얼룩무늬로 그림을 그리는 거리나무로 살았네.

벼랑

보슬비가 내리는 날 칠곡 가산면 유학산에 오른다. 멧길에 안개가 자욱하다. 멧자락에 깃든 절까지 올라가며 바라보는데 바윗덩이가 그대로 멧자락이로구나 싶다. 어떻게 멧갓 하나가 바위 하나일 수 있을까.

그러나 사람 눈으로 보기에 바윗덩이 하나가 멧갓인 모습이 놀라울 테지만, 온누리로 보자면 이 바윗덩이도 그저 작은 돌멩이 하나일는지 모른다.

깎은 듯한 벼랑 한켠에 선 나무 석 그루를 본다. 떡갈나무이다. 이 나무는 뿌리를 어디로 내렸을까. 바윗덩이에 틈이 있을까. 아니면 나무 뿌리가 바윗덩이에 틈을 내었을까.

나무를 넋놓고 바라보다가 그만 이끼에 미끄러지면서 무릎을 쿵 박는다. 아픈 무릎을 쓰다듬으며 바윗덩이에 앉았다. 멧갓인 바윗덩이를 타고 넘은 사람이 여태 얼마나 많을까. 이 멧갓 바위는 나처럼 미끄러진 사람도, 이 멧갓을 두고 싸움을 벌였던 옛사람도, 이 멧갓에서 땔감을 찾던 나무꾼도 오래오래 지켜보았겠지.

어린 모가 여름날 비바람을 견디고 가을해에 알알이 여물면 벼를 벤다. 요즘은 큼직하고 반듯한 논에 콤바인이 들어갈 길만 낫으로 가돌림 하면 기계가 베고 바심을 하지만, 내가 어릴 적에는 낫으로 했다. 낫을 한 자루씩 들고 줄을 지어 한둘씩 잡고 힘껏 당겼다.

논바닥에 널어놓은 벼를 두 손에 잡힐 만큼 묶어서 수레로 나르고 앞마당에 무더기로 쌓았다. 아랫방 앞에 탈곡기를 놓고 어머니 아버지는 발로 굴리면서 볏단 하나씩 잡고 이리저리 돌리고 펼쳐 돌리며 쓱쓱 문대면 알이 떨어진다. 우리는 두 쪽에 서서 볏단을 하나씩 건네주고 떨어지면 문 앞에 쌓아 둔 벼를 오빠나 아버지가 옮긴다.

벼를 턴 만큼 어머니 아버지 뒤에는 짚이 가득 쌓였다. 아버지가 틀을 잡아 주면 우리는 짚을 마늘게 앞으로 옮겼다. 오빠하고 나도 탈곡기를 발로 밟아 바심하면 밟는 힘으로 여러 볏집이 둘둘 감기고 손이 딸려갔다. 아주 아슬했다. 둥근 머릿빗에 머리칼이 가득 감기듯 기계에 감긴 짚을 하나하나 뜯어냈다.

모터가 들어오고 전기로 돌리다가 다시 경운기가 들어오고는 탈곡기를 경운기 피댓줄(벨트)이 벗겨지지 않도록 똑바로 끼우고 판에 볏단을 올리면 아버지하고 어머니가 겨끔내기로 볏단을 풀어서 나란히 밀어넣었다. 낱알하고 짚을 갈라 주었다. 한쪽이 털리면 다른 한쪽 자루에 낱알을 채우고 뿍대기(벼부스러기)는 굴뚝으로 뿜어 나왔다. 뿍대기는 소마굿간에 깔아 주어 소도 따뜻하게 지냈다.

자루에 담은 낟알을 풍로에 쏟아부어 가운데가 쑥 내려가게 밀어주면서 손잡이를 돌려 바람으로 짚 찌꺼기를 거름에 날렸다. 멍석에 널고 까꾸리로 고르고 우리는 맨발로 발을 떼지 않고 줄지어 골을 타며 벼를 뒤집었다. 바심을 하는 날에는 참새떼도 모여든다. 온마당에 벼가 있고 방문 앞에는 쌓아 놓은 볏단이 짚단으로 바뀐다.

벼바심은 바람도 거든다. 바람이 부는 쪽으로 굴뚝을 놓으면 뿍대기가 일하는 쪽에 오지 않았다. 바심해도 버릴 것 하나 없다. 알은 우리가 먹고 짚은 지붕을 엮고 볏섬을 짜고 멍석을 짜고 새끼줄을 꼬고 썰어서 소한테도 먹이고 겨울 비닐집 고추도 덮고 마늘논에도 덮어 주고 불쏘시개로도 쓴다.

나는 낫질이 서툴어 무서웠다. 탈곡기에 지푸라기가 끼여 딸려 갈 적에도 무서웠다. 맨손으로 벼를 만져 까끌까끌했다. 쌀밥이 되기까지 해와 비와 바람이 수고하고 애어른 손길을 닿고서야 찾아오는 쌀로 하얗게 밥을 지어서 먹는다. 한 톨 밥알을 버리지 못하는 까닭인지 모른다.

보리

보리가 누렇게 익어간다. 마을을 벗어나 재를 넘으면 산비탈에 보리밭이 있었다. 새싹이 한 뼘쯤 올라오면 배움터 오가는 길에 보리를 밟았다. 밟으면 보리에 좋다고 해서 좋아라고 밟는다. 우리가 뭉개듯 밟아도 참말로 자랄까 궁금했다. 우리가 밟은 보리가 무릎까지 자랐다.

오가는 길에 뒤가 마려우면 하나둘 보리밭 이랑에 들어갔다. 보리밭이 길가에 있어 아이들이 지나가면 몸을 숨기고 뒷일을 봤다. 우리 집은 땅이 얼마 없어서 보리를 얼마 뿌리지 못했다. 보리를 밟으면 좋다고 하면서도 우리 보리를 밟지 않고 어머니도 남일이 바빠 보리를 밟지 않았다.

보리가 누렇게 익어가고 마늘 캘 무렵이면 보리를 벤다. 어머니는 도리깨질로 두들기며 털고 꼰 새끼줄에 동여매서 털기도 했다. 우리 집은 쌀보리를 하지 않고 굵고 거친 겉보리를 먹었다. 보리가 야물어서 물에 불린 뒤 삶는다. 삶은 보리쌀을 건져 놓고 밥을 할 적마다 밑에 깔고 쌀을 한 줌씩 얹어 가마솥에 밥을 짓는다. 벼는 오월에 심어 가을에 거두는데 보리는 가을에 심어 유월에 거두네.

마늘은 비닐이라도 덮는데 보리는 추운 땅에서 겨울을 나자면 뿌리가 버틸까. 언 흙을 밀고 올라와 흙이 부슬부슬 일어나니 뿌리가 뽑힐까 보리를 밟았는지 모른다. 청개구리 같은 아이들한테 시키려고 밟지 말라는 말을 밟아라고 시켰는지 모른다. 우리 집 보리를 안 밟고 다른 집

보리를 재미로 밟아서 우리가 잘 키워 준 셈이다.

밟아야 튼튼하게 자란다니 놀랍다. 추위를 잘 견뎌서 보리쌀이 단단할까. 삶으면 쌀 두 곱이 되어 부피는 많지만 나는 꽁두보리밥이 먹기 싫었다. 거칠어서 싫고 방귀가 자꾸 나와서 싫었다. 오빠하고 동생이나 동무들은 누가 누가 방귀를 크게 뀌나 내기를 했다. 보리는 우리한테 방귀쟁이 며느리 이야기기처럼 "솥뚜껑 잡아라" 하는 말로 재밌게 해주었다.

부들

못을 지나다 부들을 본다. 어린 날에는 못가에서 올려다보았는데 오늘은 다리에서 내려다본다. 우리는 부들을 또뜨락방망이라고 했다. 다듬이방망이같이 생기고 흙빛이 돌고, 겨울날 털신에 붉은 깃털하고도 닮고, 얼음과자도 닮았다.

　배움터에서 돌아오는 길에 가운뎃못에서 부들을 꺾는다. 부들로 칼싸움도 하고 궁금해서 반으로 쪼개서도 논다. 대보다 부들이 굵어서 칼싸움하면 굴렁굴렁한다. 부들끼리 세게 부딪치면 터져서 가루가 펄펄 난다. 부들을 손에 들고 다니면서 동무들 뒤통수를 때리고 숨기고 목에 대고 간지럽히고 시치미를 뗀다.

　부들 끝에 올라온 대를 자르고 부들을 마주보도록 둘 놓고 장난도 친다. 하나는 손잡이 대를 짧게 하고 바닥에 놓는다. 다른 하나는 대를 길게 하고 부들이 서로 맞닿도록 가까이 놓고 긴 대를 손으로 돌리면 바닥에 놓인 부들이 맞물려 제자리에서 내가 돌리는 쪽으로 움직인다.

　아버지는 부들이 푸를 적에 낫으로 벤다. 집에 갖고 와서 돗자리를 짜고 방석을 엮는다. 부들이 푸른 풀일 적에 엮으면 풀이 누렇게 마른다. 우리가 방망이라고 하던 이름처럼 부들도 부들부들해서 붙인 이름일까. 진흙에 뿌리내린 부들이 못에 사는 벌레한테는 집일 텐데 장난감이 되었다가 세간살이가 되는 풀이다. 풀은 하나도 버릴 일이 없네.

부지깽이

나는 울보였다. 어머니가 가는 자리마다 졸졸 따라다녔다. 밭에 가도 따라가고 마실가도 따라갔다. 어머니가 눈앞에 없으면 울고 마을을 돌며 찾는다. 하루는 어머니를 찾으러 가서 어머니가 마을사람들과 오래 있지 못했다. 나 때문에 어머니는 집에 왔는데 나는 또 밖에서 놀다가 해가 저물어서야 집에 왔다.

　대문에 들어서자 어머니는 부엌에서 부지깽이를 들고 "이눔무 가시나" 하면서 문턱을 넘고 마당에 뛰쳐나왔다. 나는 어머니한테 맞지 않으려고 골목으로 내뺐다. 걸음아 나 살려 하고 앞만 보고 달렸다. 긴 골목을 돌고 점방 모퉁이를 돌아 목골 찬이네 앞까지 달음박질쳤다. 어머니는 부지깽이를 들고 "거기 안 서나" 하고 소리 지르며 점방 모퉁이를 돌고 따라오다 뭐라 뭐라 말하고는 따라오기를 멈춘다.

　사백 미터 조금 넘는 거리를 쉬지 않고 달렸다. 곧바로 집으로 돌아가지 못하고 밖에서 서성이다가 밥 먹을 때쯤에 들어가면 부지깽이로 맞는 일은 비껴간다. 나는 열 살 적까지 어머니를 꼼짝 못 하게 따라다니고, 떨어지면 울음을 그치지 않았다. 배움터도 안 간다고 울었다.

　그런데 내가 무서워한 사람은 따로 있었다. 광대네 할머니가 아이를 데리고 장골에 사는 숙이네 아랫집까지 마실 다녔다. 내가 울면은 치마를 허옇게 입고 다가와서는 다 빠진 이를 드러내고 "이놈의 가스나 울기만 해 잡아먹는다." 했다. 나는 그 할머니가 무서워 울음을 뚝 그치고 어머니 치마폭을 뒤집어쓰고 집에 들어갔다.

그래서일까. 어머니 치마폭을 붙들고 떨어지지 않았다. 어머니는 내가 하도 울고 그림자처럼 따라다녀서 놀지도 못했다. 어머니가 가마솥에 불을 지피면서 무슨 생각을 했을까. 까만 부지깽이로 불을 살리고 활활 타도록 휘젓고 불티를 보면서 잘살아 보려고 애썼겠지. 할아버지가 거덜낸 우리 집을 활활 타오르듯 일으켜세우려던 마음도 뜻대로 안 되고 졸졸 꽁무니를 따라다니는 딸래미로 속만 붉게 탔을까.

부지깽이에 붙은 불을 잿더미 밑에 찔러 끈다. 부지깽이는 내가 어머니 속을 새카맣게 뒤집어 놔도 끝만 타다 꺼지고 매운 바람을 내며 사그라졌다. 불을 다스릴 부지깽이가 내 불을 다스릴 줄이야.

부처손

멧길을 오르다 바위에 붙은 부처손을 본다. 이곳저곳 숲을 다녀도 눈에 안 띄던데 오늘 본다. 어릴 적에 본 부처손을 금성산 뒤쪽에서 보았다. 우리 밭이 그 골에 있었다. 덩굴진 풀밭에 옹달샘이 있고 물이 뿌옇다. 샘에서 넘쳐흘러 도랑길을 폴짝 건너 칡덩굴을 헤치고 바위 밑에 선다.

나는 큰 바위를 자주 올려다보았다. 풀이 날 자리가 아닌데 푸른 부처손이 빽빽하게 바위를 덮는다. 가을이면 잎이 말라죽은 듯 오그라들었다가 이맘때면 푸르다. 오늘 보니 바위에 보드라이 흙이 있다. 나무뿌리를 타고 흙이 흘러 고였다. 고운 흙에 이끼와 자리를 잡고 가랑잎이 덮었다.

어린 날 내가 본 바위에는 가파르게 자리잡아 흙도 없는 바위에 붙었다. 나는 곧잘 따고 싶었지만 어린 내 손이 닿지 않았다. 아버지한테 따 달라고 졸랐다. 아비지는 지게에서 부처손을 꺼내 주었다. 나는 어디서 돌을 들고 와서 부처손을 얹어 수돗가에 두었다. 물을 돌에 뿌려 주었다.

그러나 우리 집에서는 잎이 누렇게 말라 갔다. 나는 바위에 푸른 부처손이 붙어 자라는 일이 믿기지 않았다. 풀을 골라 반찬을 해먹는데 바위에 저렇게 많이 붙은 부처손은 왜 먹지 않을까. 먹는 줄 알았더라면 바위에 저렇게 붙지 못할지도 모른다. 어떻게 바위에서 잎이 큰 부처손이 자랄까 고개를 갸웃했다.

바위도 사람처럼 검버섯을 피우고 그 자리에 부처손이 자랄까. 돌
도 꽃을 피우고 싶을까. 바위 품에서 물을 빨아먹고 햇빛과 달빛을 품을
테지. 겨울이 오면 바위가 덜 춥도록 함께 몸을 웅크리며 오그라들는지
모른다. 부처손은 바위가 부처인 줄 알고 주먹을 불끈 잡았으려나.

분꽃

분꽃이 떨어진 자리에 까만 씨앗이 앉았다. 움푹한 자리는 씨앗이 떨어지지 않게 감싼다. 한 알씩 집었다. 손에 잘 잡히지 않아 떨어진다.

우리 골목은 달리기 내기를 할 만큼 길다. 돌틈에 분꽃 하나가 아주 크게 자랐다. 마을 가꾸기를 한 뒤로 마을에 꽃이 많았다. 밖에서 딴 씨앗은 주머니에 넣고, 우리 골목 꽃에서도 씨앗을 빼서 뜨락에 놓고 놀았다. 돌로 몇 알 깼다. 까만 씨앗 속에서 뽀얀 가루가 나왔다. 손등에 묻히니 밀가루가 묻은 듯했다. 볼에 발라 보았다. 버짐처럼 하얗다.

열두세 살에 어머니가 밭에 나가고 없을 적에 어머니 작은 소쿠리에서 화장품을 뒤졌다. 벽에 걸린 거울을 벗겨서 창살문 기둥에 세우고 어머니가 쓰는 분을 발랐다. 어머니 입술물(립스틱)은 얼마나 오래 썼는지 돌려도 올라오지 않는다. 어머니가 손가락에 찍어 바르길래 나도 새끼손가락에 찍어서 입술에 문질렀다.

밭에서 돌아온 어머니가 보더니 "가시나가 쥐잡아 먹었나" 꾸지람을 한다. 그래도 나는 어머니가 나가고 없는 날에는 빨간 입술물을 발랐다. 분은 어머니가 장에 가는 날 바르고 운동회 갈 때 바른다. 어머니가 화장하면 딱 붙어서 지켜보았다. 입술물도 집어 주었다.

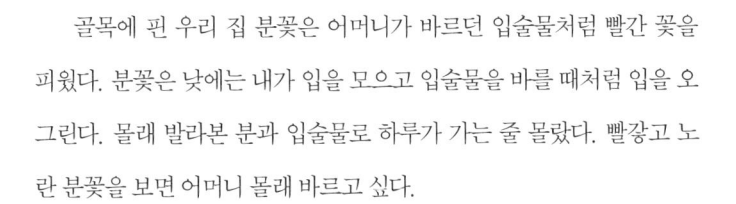

 골목에 핀 우리 집 분꽃은 어머니가 바르던 입술물처럼 빨간 꽃을
피웠다. 분꽃은 낮에는 내가 입을 모으고 입술물을 바를 때처럼 입을 오
그린다. 몰래 발라본 분과 입술물로 하루가 가는 줄 몰랐다. 빨갛고 노
란 분꽃을 보면 어머니 몰래 바르고 싶다.

145

비

집을 나설 적부터 비 오는 날이 좋다고 호들갑을 떨었다. 숲길이 질퍽하다. 길이 푹 꺼진 자리에는 웅덩이가 하나둘셋 나온다. 나뭇잎이 빗물에 쓸려 몰린 틈으로 물이 졸졸 흐른다. 그런데 어린 날에는 비 오는 날이 싫었다. 배움터에서 돌아오는 길에 비가 오면 어머니가 마중을 오지만, 마을에서 놀다가 소낙비를 맞는다. 또 소 먹이러 따라다니다가 소낙비를 맞는다. 또 들에서 밭에서 어른들 일손을 돕다가 비를 맞는다.

옷이 흠뻑 다 젖어 처마 밑에서 비 그치기를 기다리다가 집에 들어온다. 입술이 시퍼렇고 온몸에 닭살이 돋는다. 비 오는 날 아침에는 작은오빠하고 동생하고 셋이 서로 우산을 차지한다. 우산대가 벌겋게 녹슬고 살이 부러졌다. 대나무 비닐우산은 바람 불면 뒤로 까뒤집어진다. 빗줄기가 세차 우산을 써도 옷이 다 젖고 책도 젖는다.

그렇지만 비를 바라보는 일이 재밌다. 지붕 골을 따라 흐르는 물이 물받이로 모여 세차게 떨어진다. 커다란 고무통에 빗물을 받고 물받이 이음새마다 물을 받아 소죽도 끓이고 몸을 씻는다. 비를 맞고 온 날에는 빗물에 몸을 씻는다. 빗물에 비누를 바르고 머리를 감으면 머리칼이 부드럽고 빨래를 하면 때가 잘 빠진다.

소낙비가 올 적에는 천둥 번개가 많이 친다. 자르르 쏟아지면 마당에 고운 흙이 톡톡 올라오는 비를 창살문 앞에 우르르 몰려 멍하니 비를 구경한다. 빗소리 생각만 해도 어린 날 내 마음에 남은 빗줄기가 들린다. 우산이 없어 비를 싫어하고 소낙비를 하도 맞아 비를 싫어했는데, 어른이 된 나는 되레 비를 무척 좋아한다.

비를 쫄딱 맞던 어린 내가 새삼스레 비를 좋아하는 마음으로 자랐을까. 어릴 적에는 우산다툼 탓에 싫어하던 비가 이제는 우산다툼 할 일이 없으니 좋을까. 내리는 비를 맞으며 생각한다. 아직 뭔가 자랄 빛이 있는지 모른다.

1부

비새(빈대·소벌레)

우리 집에는 소가 있었다. 여름에도 겨울에도 똥파리가 마굿간에 앉은 소 등짝에 잔뜩 모인다. 소는 마구간에서 여물을 먹고 물을 마시고 잠도 자는데, 잠자리에 오줌을 싸고 똥을 눴다. 소똥 냄새를 맡고 거름을 모아 둔 자리에 찌꺼기가 썩고 해서 그런가. 어디서 쇠파리가 날아왔다. 가려운지 꼬리로 이리저리 흔들면서 쇠파리를 쫓아낸다.

그렇지만 소는 손이 없으니 딱 붙는 벌레를 꼬리로 떼지 못한다. 벌레를 얼핏 보면 보리쌀처럼 동글납작하고 살짝 푸른빛이 났다. 소털이 짧고 매끈해서 사마귀 같아 보이는 벌레는 쉽게 눈에 띈다. 아버지는 그 비새라는 벌레가 소피를 빨아 먹는다고 했다. 피를 빨아 먹으면 안 되니깐 아버지도 벌레를 떼고 나도 벌레를 뗐다. 알을 만지면 촉촉했다.

쇠똥이 털에 묻었으면 작대기로 뗐다. 벌레가 징그러워 재빨리 뗐다. 땅바닥에 떨어진 벌레를 발로 밟아 터트렸다. 검붉은 피가 터졌다. 언제 어디서 어떻게 태어났는지 피를 빨아 먹고 자라 굵었다.

소는 손이 없으니 제 몸에 난 작은 벌레 하나 어쩌지 못해 고개를 돌려 두 뿔로 긁어보지만 가려운 곳에는 닿지 못하네. 소는 고기 한 조각 먹지 않고 짚이나 풀만 먹고도 몸집이 크고 힘이 세지만 우리가 안 떼주면 비새 때문에 시름시름 앓을지도 모른다. 비새가 나쁜 피를 빨아 먹을까. 바늘처럼 콕콕 찔러서 피를 잘 돌게 할까. 발이 손이 되지 못하니 꼬리가 나서서 쫓는가.

작은딸하고 장갑을 한 짝씩 끼고 빵을 뜯는다. 먹기 알맞게 자르려다 깜빡했다. 크림이 밀리고 녹두가 들었다. 내가 중학교 갓 들어갔을 적에 먹던 빵하고 맛은 다르지만, 딸하고 함께 뜯어먹으니 그때 먹던 빵이 생각난다.

나와 나이가 같은 숙이하고 두 살 많은 숙이 언니하고 셋이서 살림(자취)을 했다. 중학교 삼학년인 작은오빠가 아침 일찍 잠이 덜 깬 얼굴로 찾아왔다. 아침에 따르릉 소리가 울리면 골목에 나간다. 오빠는 어머니가 보낸 빵떡을 건네준다. 우리는 "잘 먹어"라는 말도 "잘 가"라는 말도 하지 않는다. 뚜껑을 열면 빵이 따뜻하고 단내가 난다.

까맣게 타도 반질반질 기름이 돈다. 어머니는 나한테 보내려고 막걸리에 소다와 밀가루를 섞어 하룻밤 재운다. 아침이면 반죽이 부드럽게 부푼다. 어머니는 손으로 반죽을 뜯어 불판에 담는다. 노란 곤로를 올리고 성냥불을 붙이고 후하고 불면 심지에 빙 돌아가며 불을 이내 붙인다. 그리고 손잡이를 두 쪽 옆으로 왔다갔다 움직여 홈에 딱 맞게 끼운다.

심지를 많이 올리면 시커멓게 자꾸 올라와 불판을 다 그을린다. 심지가 기름에 촉촉하게 젖으면 파란불이 펄럭인다. 굽다가 기름이 떨어지면 초래로 기름을 채우며 눈금을 본다. 기름 타는 냄새가 짙으면 코를 잡거나 숨을 멈춘다. 부엌에 창도 없고 불을 켜도 어두컴컴한데도 부지런하게 빵을 굽는다.

어머니는 나를 중학교에 보낸 뒤로, 이레에 두세 판을 아침마다 구워서 한입에 먹기 좋게 잘라 도시락에 담아 오빠를 거쳐 보낸다. 오빠는 여느 날보다 일찍 집을 나온다. 두 곱이나 걸리는 길을 빙 돌아 곧은 흙길로 온다. 걸어다닐 적에는 봉오리를 둘 넘는 멧길이라 자전거를 타고는 갈 수 없다. 작은오빠는 언제나 씩씩했다. 힘들게 빵을 갖고 와서 살림칸(자취방)에 들어오지 못했다.

숙이가 둘 있고 이 집 아저씨가 무서워 마당에도 들어오지 못했다. 오빠하고 두 살 터울이지만, 나는 오빠라 부르지 않고 이름을 부르면 오빠는 나보고 '가스나야' 부른다. 오빠가 짓궂은 말로 쥐어박으면 나는 바락바락 한 마디도 지지 않고 달겨든다. 빵 심부름을 하는 고마운 오빠인데, 오빠 소리가 왜 그렇게 낯설고 안 나왔을까. 나이 터울이 없어서일까. 어머니 아버지한테 말썽꾸러기로 찍혀서 얕잡아보았을까. 나는 오빠라고 부르기까지 열 해가 더 걸렸다. 말길을 트는 날까지 참 길었다.

뽕나무

뽕잎에 가려진 똘기와 아람열매가 달렸다. 꼬물꼬물 기어가는 풀벌레 같다만 맛은 달다. 오디가 나무에서 익어 갈 무렵이면 뽕잎을 따고 훑었다. 우리 집은 덩치도 작고 방도 작아 한 방에 모여 자고 윗목에 누에도 키웠다.

어머니는 광주리에 어린 뽕잎을 따다 어린 누에를 키웠다. 뽕잎을 먹고 자라면 광주리를 바꾸고 또 자라면 광주리를 바꾸며 누에 집을 늘려준다. 누에가 무럭무럭 자라자 뽕잎도 많이 먹는다. 몸집이 굵으면 아버지는 나무로 틀을 짜고 모기그물을 붙인 커를 올리고 발도 펴서 또 한 커를 올린다.

솔가지를 꺾어 커를 놓으면 누에는 솔가지에 집을 짓는다. 솔가지를 넓은 자리에 옮겨 놓는다. 우리는 집 뒷골에 올라가 뽕잎을 몇 씩 땄다. 누에가 자라자 아버지는 뽕나무 가지를 베어서 집에서 잎을 따서 더 많이 먹인다.

누에가 실을 풀 때쯤이면 굵다. 어른 손가락보다 굵다. 잠결에 뽕잎을 갉아먹는 소리를 쉐쉐 세차게 듣는다. 누에가 입에서 끊임없이 실을 풀면 온통 하얀 고치이다. 실을 풀어내고 고치에서 잠든 누에를 생각지 못하고 나는 귀에 대고 흔들며 고치를 손에 쥐고 놀았다.

엄지보다 작은 고치 집에 큰 몸을 어떻게 돌돌 말았을까. 아프지 않을까. 입으로 실을 다 풀어야 잠이 들까. 뽕나무는 누에한테 주려고 잎눈을 뜨고 누에는 사람 몸을 가려 주려고 온힘으로 실을 풀어 누에천(비단)이 되는 꿈을 꾸네. 나는 무엇을 누구한테 줄 수 있을까. 뽕나무에 달린 오디가 고치에 깃든 누에를 닮았다. 진갓골 못둑에 뽕나무도 아직 있을까.

뿌리

멧길을 오르다 보면 쓰러진 나무를 자주 본다. 쓰러진 나무를 보면 문득 멈춰서 바라본다. 까맣게 타버린 나무에는 어떤 숨결이 남았을까. 꼿꼿이 설 적에는 그늘하고 열매를 내어주면서 보금자리가 되고, 쓰러진 뒤에는 버섯이며 이끼가 자라면서 더 작은 숲이웃한테 보금자리가 된다.

이 나무는 언제 뿌리까지 뽑혔을까. 다가가서 보니 흙이 바싹 말랐고, 잔뿌리도 굵은 뿌리도 안 보인다. 어느새 사라진 뿌리일 텐데 어떻게 그 우람한 몸을 버티었을까. 오래도록 서다가 쓰러진 나무는 흙으로 천천히 돌아가다가 아주 조그마한 씨앗이 새롭게 나무로 자라는 밑거름이 되겠지.

그동안 이 숲을 지키느라 애썼다. 이제 누워서 쉬렴. 어린 새나무가 네 곁에서, 또는 네 몸을 머금고서 뿌리내리며 자랄 테니.

삐비

오빳골 지름길 무덤 앞에서 삐비를 뽑아 먹었다. 우리는 '삐삐'라 했다. 겨울바람이 봄바람으로 바뀔 무렵이면 잔디보다 조금 큰 풀에 자주빛 새싹이 가운데에 올라온다. 끝이 뾰족하게 돌돌 말린 새싹을 잡고 당기면 삐 소리가 나고 드르륵 덜컹 뿌드득 하며 촉촉한 풀이 스치는 소리를 내며 뽑힌다.

보드라운 새싹을 잡고 당기면 내 손이 작게 울린다. 삐비를 막 뽑으면 촉촉하다. 돌돌 말린 새싹이 풀어지면 부피가 크다. 높이 들고 고개를 옆으로 돌려 입에 넣으면 보드라이 혀에 감기고 씹을 틈 없이 부드럽게 목구멍으로 넘어간다.

어릴 적에 말괄량이 삐삐 만화를 본 탓일까. 삐 하고 삐삐가 빠지는 소리가 나서 붙인 이름인지 모른다.

보드랍던 삐삐가 조금 더 자라면 하얗게 핀다. 우리는 하얗게 피어도 뽑아 먹었다. 핀 잎은 말라 털 같다. 마른 잎은 물이 많던 어린 삐삐하고 다르게 입에 달라붙어 목이 막혔다. 마른 삐삐도 한 입씩 따먹는다. 마른 삐삐는 침을 다 빨아들여 침을 모아 씹는다.

삐삐는 보랏빛 싹으로 올라올 적에 가장 달고 더 자라면 거칠고 씨앗을 맺어 먹지 않아 무덤가는 우리가 빠트린 삐삐로 하얀 풀밭이 되지만, 우리는 새싹이 올라오면 날름 뽑아 먹고 우리가 쏙 뽑아 손에 모아 가면서 먹어도 씨앗을 남긴다. 풀이 더 자라면 낫으로 베어 소한테 나눈다.

삐삐는 재를 넘고 다니는 우리 주려고 피어나 먹을 적에는 넓고 푸른 하늘을 더 쳐다보라 했으려나. 삐삐를 먹으려면 저절로 하늘을 올려다본다. 삐삐가 이러기를 바라는구나 싶다.

ㅅ

사과, 사마귀, 산수유, 살구, 새싹, 솔가리,
솔밭, 솔잎, 솔치다, 솜꽃, 솥뚜껑, 쇠똥구리,
수박, 수수, 순이나무, 싸리꽃

사과

사과가 먹고 싶어서 산수유씨를 빼러 다녔다. 순이네 집은 산수유를 까면 새참으로 인도인지 국광인지 푸릇한 사과를 준다. 국광은 껍질이 푸르고 단단한데 달았다. 노랗게 익은 사과는 허벅허벅하고 부드럽다. 나는 부사나 홍옥보다 새참으로 나온 사과가 맛있었다.

낮에는 순이네 사과창고 벽에 등을 기대 나란히 서서 햇볕을 쬔다. 사과창고 문을 닫아도 향긋한 냄새가 밖으로 새어나왔다. 활짝 열 적에는 쇠그물에 달라붙어 안을 들여다보면서 군침을 흘렸다. 캄캄하고 바닥이 깊었다. 나무상자를 겹겹이 쌓아 두었는데, 바닥에 물도 고였다.

나는 산수유를 까기 싫은데도 사과를 먹으려고 참고 깠다. 아버지는 내가 사과를 먹고 싶어서 산수유를 까는 줄 알았다. 몇 해 뒤에 우리 집에도 사과나무를 심었다. 아버지는 사과만 보면 딸 생각이 난다고 했다. 아버지는 사과나무를 심어 처음 열린 사과를 따서 우리를 주었다. 구미 사돈네가 생기기 앞서까지는 내가 사과를 마수걸이했다.

여름에 나오는 아오리나 홍옥을 먹고 나면 가을에 부사가 나왔다. 흠이 난 부사를 먼저 먹으면서 골마루에 두고 겨울이 끝나고 봄 여름까지도 먹었으니 한 해 내내 사과가 떨어지지 않은 셈이다. 흠이 나서 썩기도, 다 먹지 못해 버리기도 했다.

나도 사과만 보면 '딸 생각난다' 하시던 아버지 목소리가 살갑게 들린다. 아버지가 돌아간 별에도 사과가 있을까.

사마귀

고개에서 사마귀를 자주 보았다. 흙빛이 도는 사마귀는 땅바닥에 떨어진 지푸라기와 섞여 우리 눈에 쉽게 띄지 않고 풀빛 사마귀는 쉽게 띈다. 나는 사마귀를 만날 적마다 무서워서 비껴갔다. 사마귀가 가만히 있는데도 싫었다.

사마귀는 느릿하게 갈 듯 말 듯 걷는다. 큰 눈이 튀어나오고 얼굴이 뱀 닮은 세모라서 무서웠다. 앞발은 톱니 칼날 같아 손을 꽉 깨물 듯하다. 배움터에 가는 길이나 돌아오는 길에 고개서 한숨 돌린다.

고개에서 사마귀를 만나면 동무들은 장난을 친다. 손하고 발이나 팔꿈치에 사마귀가 난 아이는 제 살점을 손톱으로 뜯는다. 살점을 작은 돌에 얹고 그 위에 또 떼서 놓는다. 아주 작은 돌탑으로 돌부리보다 작아 눈에도 잘 띄지 않았다. 시침 떼고 앉아 기다리다가, 막 재를 넘는 아이가 돌을 차면 손뼉치고 소리지르며 좋아했다. 제 몸에 난 사마귀가 그 동무한테 옮겨간다고 여겼다. 그리고 머스마들은 사마귀 목덜미를 잡고 몸에 난 사마귀를 뜯어 먹게 했다.

사마귀를 옮는다는 말에 사마귀 곁에 얼씬도 안 했다. 사마귀 몸이 메뚜기처럼 딱딱한데 배는 부드럽고 무겁다. 새끼를 뱄을까. 몸집 두 곱이나 되는 뱃속이 궁금하다. 우리는 사마귀 배에서 실뱀이 나온다고 믿었다. 짓궂은 아이가 사마귀를 잡았을 적에 보니 가늘고 기다란 실 같은 벌레가 살아 꿈틀거렸다. 그 많은 알을 낳고 몸이 버틸까.

사마귀는 풀밭을 두고 우리가 다니는 길 건너 어디로 가려나. 아이들 발에 밟히기도 하는데 혼자 심심해서 우리하고 놀고 싶었을까. 사마귀는 사람 몸에 난 사마귀하고 이름이 똑같네. 무슨 뜻이 있을까. 물집이 터지면 옮는다고 그럴까. 메뚜기나 잠자리를 잡아먹으려는 톱니가 달린 앞발 때문인가. 사마귀는 사람 몸에 난 사마귀로 오히려 아이들 괴롭힘을 비껴가는지도 모른다.

산수유

우리 마을에는 산수유나무가 많다. 요즘은 사월이면 아랫마을에서 잔치를 한다. 우리 마을에서 아랫마을까지 내를 따라 논둑마다 산수유가 자랐다. 우리 집에는 내가 중학교에 갈 무렵까지 산수유나무가 없었다. 구천할매네와 순이네는 산수유가 많았다. 우리 어머니는 두 집 산수유를 따면서 흘린 열매를 비스듬한 논둑에서 줍고 냇가에 내려가서 주웠다.

재 너머 효선마을에서 냇물을 막은 둑이 있었다. 그 물로 큰물을 막아서 밑으로 흐르는 물이 적은 중보뜰에 들어가서 많이 주웠다. 불래마을 내도 둑을 막아 흐르는 물이 없어서 산수유를 쉽게 주워냈다. 하루에 두 되 줍거나 날마다 조금씩 줍고 까고 나무를 찾아다니면서 남은 열매를 땄다. 그렇게 모아 온 산수유를 온 집안이 모여 갔다.

우리가 주운 산수유를 다 까면 어머니는 구천할매네 산수유를 한 말씩 갖고 와서 집에서 깠다. 우리는 순이네 집에 가서 산수유를 깠다. 큰방 작은방 마루마다 아이들이 밥상맡에 앉으면 순이 어머니는 반 되나 한 되씩 아이들이 달라는 만큼 우리 앞에 쏟아붓는다. 수북하게 작은 산이 된 산수유를 하나씩 집어서 씨앗을 뺐다.

앞니로 산수유 끝을 깨물어 터트리고 꽁지 잡은 손을 꾹 누르면서 밀면 씨앗이 입속으로 빠진다. 씨앗에 붙은 살을 침을 모아 꿀꺽 삼키고 씨앗을 그릇에 뱉었다. 산수유 껍데기는 우리 손자국에 꾹 눌러 길쭉하던 알이 둥글납작하다. 두 손을 번갈아 가면서 씨앗을 뺐다. 한 되 산수는 좀처럼 줄지 않는다. 작은 알을 하나씩 집어 반쯤 바수고 나면 순이 어머니는 새참으로 사과를 준다.

밤늦도록 산수유를 깠다. 한 되에 육백 원씩을 받았다. 동생하고 며칠을 까서 모은 천 칠백 원으로 추운 겨울 어머니 생신 선물로 점방에서 과자를 사서 어두운 밤길을 신나게 뛰어왔다. 그때 산수유가 많던 집이나 못 살던 우리 집이나 요즘은 살림살이가 비슷하다. 한 자리에서는 못 살았으니 이 자리에서는 잘 살도록 고른 일일까.

잘 사는 사람은 그대로 제자리걸음이지만 우리는 워낙 못 살아 힘내어 빨리 따라붙어서 그런지도 모른다. 산수유 씨앗은 밭에서 거름이 되고 아궁이에 넣고 군불로 때면 파랗게 활활 탔다. 우리 집도 활활 일어나라고 말하는지 모른다. 살림도 일구고 씨를 발라내는 일은 힘들지만, 우리가 먹던 산수유 살점은 몸에 좋은 약이었다. 돈 버는 일이 우리한테 좋은 약을 거저먹는 하루였네.

살구

풋살구는 유월 볕에 노르스름하게 익어간다. 어린 날 우리 집에는 살구나무가 없었다. 장골 끝에 사는 숙이네에 살구나무가 많았다. 살구나무가 뒤쪽 울타리로 에워쌌다. 길이 좁아 발을 헛디디면 어른 키높이인 도랑에 떨어진다. 도랑물은 멧산에서 내려오고 숙이네 집을 휘돌아 마을로 흐른다.

나는 살구가 먹고 싶으면 숙이네 집에 찾아간다. 다른 아이는 숙이네 집에 오지 않다가 살구가 노랗게 익으면 몰려왔다. 나는 도랑쪽 살구나무를 잘 탔다. 머스마들은 큰나무에 올라간다. 두 그루에 살구가 많이 달렸다.

장대로 나무를 퉁퉁 치면 살구가 와르르 도랑에 떨어져 물에 동동 뜬다. 살구를 주우려고 바위 틈으로 내려와 첨벙첨벙 들어가서 줍는다. 도랑 바닥이 돌층에 큰돌이 있고 나무가 위로 우거졌다. 살구가 주먹만큼 굵다.

살구를 쪼개면 살이 보슬보슬하고 도톰하다. 까만 얼룩이 있는 살구는 벌레가 산다. 덜 익은 살구는 두었다가 익으면 먹는다. 씨앗이 깨끗하게 잘 빠진다. 딱딱한 씨앗 껍데기를 돌로 내리쳐서 하얀 씨앗을 빼먹는다. 우리는 뭔들 안 먹었을까.

숙이는 살구를 우리가 따먹는데도 가면 좋아했다. 아이들이 숙이 아버지를 무서워했다. 숙이 아버지는 아들을 낳으려고 씨받이를 들여서 숙이를 낳고 또 들여 딸을 낳았다. 숙이는 큰어머니를 어머니로 불렀다. 어머니가 귀가 잘 안 들리기도 하지만 두 사람은 아버지한테 하도 얻어맞아서 부둥켜안고 우는 날이 잦다.

숙이 아버지 눈이 차가워, 보기만 해도 무섭지만, 나는 숙이 집에 날마다 찾아갔다. 숙이 아버지가 무서워도 아무도 못 갈 적에 나만 놀러갔다. 살구가 누렇게 익으면 살구 따먹으러 온 아이들한테 나무를 알려주고 따 주기도 했다. 아버지한테 꾸중 들을 수도 있는데 숙이는 아이들이 집에 오니 좋아하는 눈치였다.

새싹

새가 노래하는 소리에 문득 올려다본다. 새소리를 잊고 나무에 돋은 새 잎을 바라본다. 새잎 돋은 아까시나무를 땅바닥에서 올려다보니 마치 하얀구름에 닿을 듯하다. 씨앗에 새싹이 돋듯 나무에 새잎이 돋는다.

사람도 어버이 몸에서 갓 태어난 아기는 새잎이나 새싹 같다. 옅푸른 이 새싹이며 새잎을 해를 받아 차츰 짙푸르다. 짙푸르게 우거질 때도 좋지만, 어쩐지 나는 갓 돋은 옅푸른 새잎에 마음이 더 간다.

어린 날 시골에서 배움터를 갈 적에 솔밭에서 쉬고, 아까시나무 가지를 따서 가위바위보를 하며 이파리를 땄다. 이러면 배움터에도 집에도 어느덧 다다른다. 잎을 다 딴 앙상한 가지로 머리카락을 돌돌 감는 놀이도 한다. 이 새잎도 머잖아 꽃을 내면서 여름을 맞이하겠지. 이 나무도 아기 같은 새잎이 어른 같은 짙푸른 잎이 되면서 한껏 우거지다가 겨울을 맞이하겠지. 나도 나무처럼 하루를 걸어왔고, 하루를 걸어간다.

솔가리

청도 밤티재에서 길을 헤매고 남산에 오른다. 들머리에 잣나무가 쭉쭉 뻗었다. 우거진 숲으로 오솔길을 따라 걷는다. 길이 폭신하다. 붉은 잣나무 이파리가 땅에 두툼하게 쌓였다. 가파른 등성이를 따라 오르자 바위가 가득하다. 돌 틈마다 소나무가 힘들게 자란다. 낭떠러지가 있는 모퉁이를 돌아 밧줄을 잡고 곁님이 오를 적에 나는 솔가리를 밟고 발로 파본다. 두툼해서 땅이 보이지 않는다.

소나무 잎은 태워도 소나무 냄새가 난다. 내가 열한두 살 적에 멧골에 가서 땔감을 마련했다. 작은오빠를 따라가기도 하고 마을 언니들과 몰려다녔다. 까꾸리(갈퀴)로 그러모으고 마른 솔방울도 줍는다. 자루에 들고 가기 좋게 맞춤하게 채운다. 이러고서 소나무 겉껍질을 낫으로 깎는다. 하얀 속껍질이 보이면 이로 깨물어 하모니카를 불듯 왔다갔다 하면서 송구를 뜯어먹었다. 맹 맛이고 뻐덕뻐덕한데도 배고파서 먹었다.

솔가리는 부엌에 두고 불쏘시개로 썼다. 더러 날소나무도 아버지가 베어서 쇠솥에 장작을 지펴 밥을 짓고 물을 데웠다. 그런데 마을에 순사가 떴다. 집집이 다니면서 소나무나 솔가리를 땔감으로 쓰는지 들여다본다. 우리는 정지(부엌) 두 짝 나무를 닫고 빗장을 걸었다. 부엌 깊숙이 넣어 다른 나무로 솔가리를 덮고는 시침을 뗐다.

어릴 적에는 아궁이에 나무로 불을 지펴야 따뜻했다. 죽은 나무를 주우려 해도 없고 날소나무는 톱으로 베고 도끼로 쪼개 땔감으로 썼다. 솔가리를 쓰지 못하게 해서 가시가 많은 어린 아까시나무와 참나무를 베어 아버지는 지게에 지고 왔다. 솔가리를 끌어 쓰면 뿌리가 언다고 그랬을까. 소나무가 떨군 잎이 땅을 기름지게 하고 우리 집도 따뜻하게 해주었다. 서울에서는 이 떨잎을 쓰레기처럼 여기는 듯하다. 그러나 떨잎은 땅에 깃든 벌레한테 밥도 되고 이불도 된다. 고마운 솔가리이다.

솔밭

어린 날에는 내 몸이 작아서 그럴까. 배움터 가는 길이 너무 멀었다. 마을을 벗어나 재 하나 넘는다. 멧길에는 온통 논밭이다. 가는 동안 앉아 쉴 나무그늘이 없다가 사이에 솔밭이 있다. 우리는 흙길로 올라가 무덤가 소나무 밑에서 쉰다. 우리는 그 자리를 솔밭무디라고 했다.

마치고 오는 길에 쉬려고 뛰어올 적도 있다. 배움터 울타리 밖에 사는 젊은 아저씨가 아침부터 우리가 마칠 때까지 처마 밑에 우두커니 있다. 우리가 그 앞을 지나가면 한마디 하고 앞발로 시늉하며 으르렁댄다. 우리는 놀라서 개나리 울타리를 넘어 들어가거나 교문까지 달린다.

아저씨는 햇볕에 그을려서 얼굴이 검붉다. 까까머리를 하고 헐렁한 옷을 입고 한 손은 늘 허리춤에 넣었다. 입을 벌린 채 있어 침이 줄줄 흘러 옷이 젖었다. 그 아저씨는 할 줄 아는 말은 짧다.

느릿느릿 우리를 쫓아오면 힘껏 달렸다. 아저씨를 보면 머리뿌리가 서늘하다. 뒤를 힐끗 돌아보면서 달린다. 솔밭무디까지 와서야 마음을 놓는다.

솔밭무디까지는 멀어서 그 아저씨가 오지 못한다. 배움터 가는 길 반은 멧길이고 반은 이 아저씨 때문에 늘 달리느라 십리 길이 심심하지 않았다. 아저씨도 배움터에 오고 싶었나. 가시내들만 골리고 싶었을까. 장가 가고 싶었을까.

솔잎

유월이 되니 솔잎이 쑥쑥 올라왔다. 손가락 길이로 길쭉하고 새잎은 한 뼘씩 하늘로 곧게 자란다. 솔잎이 삐죽삐죽 덜 나올 적이 되면 새잎에 가루가 잔뜩 달라붙었다. 우리는 나무를 흔들어 노란가루를 털어냈다. 흩어지는 가루는 눈먼지처럼 펄펄 난다. 가루를 터는 재미로 소나무를 무척이나 뒤흔들었다.

가루가 날아가면 새잎이 드러난다. 솔잎이 푸르고 빳빳하게 힘이 차면 한가위에 솔잎을 따다 송편 사이에 넣고 찐다. 솔잎 한 가지를 꺾어 하나하나 잎을 따서 실로 묶어 향로에도 꽂는다. 풋풋한 솔방울이 자라 겨울에 마르고 입을 쩍 벌리면 나무에서 떨어지고 우리는 주워서 불쏘시개로 썼다.

솔잎이 겨우살이를 하면서 잎을 떨구면 우리는 까꾸리로 모아서 불쏘시개 땔감으로 태운다. 소나무 껍질과 속살을 벗겨 먹는다.

금성산에 와 보니 소나무는 힘들게 자란다. 곧게 자라지 못한다. 그렇지만 잎이 보드랍고 솔방울도 작고 나무도 작다. 하나같이 왜 이리도 작을까 싶어 살펴본다. 돌 틈에 뿌리를 겨우 내리고 밑둥은 바위에 걸터앉은 꼴을 하며 둘레 나무가 거의 휘면서 자란다.

바위틈에 살아나려고 몸집을 키우지 않은 듯하면서도 바위에 자리 잡는다. 잎도 나무도 어린 싹같이 여리다. 소나무가 사람들한테 많이 내놓는다. 어릴 적에는 내가 털어낸 꽃가루가 주전부리인 줄도 모르고 다 날려 버렸다. 솔잎 마음도 솔잎처럼 푸르기에 삶을 푸르게 짓겠지.

솔치다(소나무 가지치기)

자고산(칠곡군)에서 솎아낸 나무를 쌓아두었다. 잘린 나무가 가늘고 자잘하다. 어린나무이다. 잎이 시들하지만, 아직 푸르다. 갓 베어낸 듯하다. 클 나무만 두었을까. 어미나무로만 키우려는 셈일까. 잘린 나무는 어림잡아 열 해나 열다섯 해를 자랐을 듯하다. 이 나무라면 며칠 밥을 짓고 소죽을 끓이지 싶다.

내가 열세 살 적에 어머니는 서른여덟이었다. 어머니가 막냇동생을 배어 효선마을 산에서 나무를 한다. 여섯이나 여덟 집이 돈을 모아 멧골을 통째로 샀다. 소나무를 함부로 건들지 못하던 때라 면에서 받아들인 곳에서만 소나무 가지를 친다. 소나무 가지를 마음 놓고 자르려고 샀다.

겨울방학 무렵이다. 어머니는 배가 부른데 비스듬한 산에 쪼그리고 앉아 나무를 모은다. 방학 때라 고등학생인 큰오빠도 거들고 중학생인 작은오빠는 무거운 나무를 밑으로 옮긴다. 수레에 싣고 소를 몰아 고개 하나 넘어 집에 부린다. 나는 나무 하기 싫었다. 그렇지만 배가 부른 어머니가 억척스럽게 하니깐 어쩌지 못하고 거든다.

나무는 겨울이 되면 집안이 모여 한 해 땔 나무를 죽기살기로 가지를 자르고 옮긴다. 밥 같은 나무이다. 그래야 여름에 소죽을 끓이고 우리 밥도 짓는다. 살림이 어려워 아버지는 돈을 벌어 보겠다고 강원도 탄광에서 일한다. 아버지도 없는 겨울에 두 오빠가 어머니를 많이 돕는다.

두 달 뒤 이월이다. 우리가 한 나무로 안방 아궁이에 불을 뜨겁게 지피고 마을 아줌마가 방바닥에 비닐을 깐다. 어머니는 소리를 지르고 참기를 거듭한다. 큰오빠는 어둑한 새벽에 아랫마을에 의사를 부르려고 전화하러 간 사이에 어머니가 아버지도 없는 날에 동생을 낳았다.

솎아내어 쌓인 나무를 보자 배가 부른 몸에 어머니가 나무하던 모습이 문득 떠올라 눈물이 올라왔다. 봄여름갈에는 들일 밭일하고 겨울이면 땔감을 얻으려고 솔친다.

솜꽃

어릴 적에 우리 집은 한 이불을 덮고 잤다. 여름에는 마루와 멍석으로 흩어 자지만 겨울이면 군불을 넣고 한곳에서 바닥에 이불도 깔지 않고 두꺼운 이불 하나를 덮었다. 중학생인 작은오빠, 나, 동생, 어머니 아버지 이렇게 다섯이 덮었다. 이른 저녁에는 바닥이 따뜻하고 뜨겁지만, 새벽이 되면 구들이 식어서 몸을 움츠리며 서로 등 뒤에 딱 붙어서 갈치잠을 잔다. 누구 하나 몸을 들썩이면 찬바람이 들어왔다.

우리는 몸을 붙이고 자서 이불하고 사람 기운으로 따뜻해서 바닥이 딱딱해도 잠을 잘 잤다. 그런데 우리 이불은 다섯 사람이 덮어서 아주 크고 무겁다. 이불 홑청을 베로 풀을 먹여서 다듬이질에 방망이질을 했다.

베도 무겁지만, 이불에 든 솜도 무겁다. 우리 집은 솜을 조금 심은 적이 있다. 탑리에서 솜씨를 받아서 심는 집도 있지만, 우리 어머니는 밍(명)타는 집에서 뺀 솜씨를 얻어서 밭에 심었다. 초롱처럼 생긴 꽃이 피었다가 꽃이 지면 솜 다래가 열린다. 솜 생길 적에 메아리를 따서 먹었다. 바알간 다래는 풀내가 나도 먹을 만했다. 그렇지만 나는 잘 안 먹었다.

이 다래가 익어 다래꽃이 피었다. 찬바람이 불면 가시가 송송 난 밤이 쩍 벌어지듯 딱딱한 다래가 쩍 벌어졌다. 허옇게 벌어지면 다래를 밍(명)딴다. 손으로 쏙쏙 뽑듯 솜을 꺼냈다. 솜은 부드럽지만, 나무와 다래가 말라 딱딱했다. 솜을 뽑는 일이 재밌었다.

　어머니는 솜으로 명을 타는데 씨를 빼는 집에 갖고 갔다. 솜털에는 씨가 많기에, 이 씨를 빼지 않으면 솜으로 못 쓰는데, 하나하나 솎기가 쉽지 않아, 따로 솜틀집에 가서 맡긴다. 솜을 길게 빼서 접고 접어서 우리가 덮을 이불 크기를 맞추어 이불 겉을 지어 주었다. 어머니는 집에 와서 솜을 더 넣었다. 이불을 펼치면 바닥에 꽉 찼다. 큰 바늘로 베를 시침했다. 이렇게 지은 이불을 큰오빠가 혼자 지낼 적에 어머니가 지어 주고 내가 시집올 적에 보랏빛 호칭으로 어머니가 지어 주었다. 솜을 키워서 이불 석 채를 지은 셈이다.

　쩍 벌어진 다래에 하얀 솜은 하늘에서 보던 구름 같았다. 씨앗을 덮은 하얀 솜은 우리한테는 구름처럼 부드러운 이불이 되어 주었네. 내가 다래를 따먹어도 따뜻하게 덮어 주려고 꽃이 얼마나 애쓰며 피었을까. 꽃이 진 자리에 딱딱한 열매를 보듬으려고 보드라운 솜이 되다니 고맙고 놀랍다. 딱딱한 곳에 부드러운 속살이 있었다.

솥뚜껑

할아버지가 죽은 날에 마을 어른이 모여 모둠밥을 장만했다. 한쪽에서
는 손잡이가 달린 단지에 삼베를 깔고 쌀가루를 반반하게 놓고 노란 콩
고물도 뿌려 시루떡을 찌고, 또 한쪽에는 솥뚜껑을 뒤집어 놓고 부침개
를 부친다. 구멍이 나서 못쓰는 솥뚜껑을 잘 닦아 기름을 바르면 쇠가
까맣게 기름을 먹어 반질반질하다.

기름을 종지에 덜어 주먹 크기인 짧은 붓 같은 솔에 찍어 솥에 휘젓
거나 주걱으로 기름을 바른다. 맨손으로 밀가루 반죽에 배추를 담갔다
가 솥뚜껑에 엎어 놓는다. 주걱으로 솥뚜껑 윗자리로 밀어내고 또 반죽
에 적신 배추를 가운데에 펼친다. 솥뚜껑 하나에 배추부침이 서넛씩 한
꺼번에 오른다.

다른 뚜껑에는 정구지를 부치고 고구마도 부친다. 대나무 소쿠리에
담아내면 우리는 뜨거운 부침개를 먹고 싶어서 자리를 뜨지 못하고 조
른다. 그러면 배추부침 하나를 째서 준다.

마당 한쪽에 솥을 걸고 불을 지피느라 일하는 사람만 해도 어수선
하고 불을 지펴 뜨겁다. 아줌마들은 머리에 수건을 두르고 허리를 수그
리고 부치고 젊은 아제들은 마당에 깔아 놓은 멍석으로 술자리를 낸다.

솥뚜껑은 밥할 적에 지붕 노릇을 하다가, 기쁘거나 궂은 일이 생기
면 뜨거운 불판이 되는데, 어린 나는 할아버지를 잃은 슬픔을 어느새 잊
고서 부침개 한 입 더 얻으려고 목을 뺐다. 솥뚜껑이 참 넓었다.

쇠똥구리

여름이면 산을 둘 넘고 간지밭 가는 갈림길에서 왼쪽 등성이를 올라 소를 먹였다. 잔디가 깔린 등성이다. 금서로 가는 갈림길인 오솔길에 소똥이 많았다. 마당에 소똥을 누면 삽으로 떠서 치우지만 숲길에는 그대로 있어 엉뚱한데 보다가 소똥을 밟기도 했다.

소는 길을 가다가도 꼬리를 들고 오줌을 누고 똥을 눈다. 물똥을 싸면 비켜섰다. 된똥은 땅바닥에 퍽 퍽소리 내며 진흙이 떨어지는 듯했다. 흙빛 똥이 까맣게 마르기 앞서 벌레가 모여든다. 어디서 냄새를 맡았는지 마른흙이 펄펄 나는 길바닥에 쇠똥구리가 다닌다.

풍뎅이 같기도 하고 작은 사슴벌레처럼 까맣고 단단한 옷을 입었다. 소똥구리는 소똥을 굴린다. 똥을 울퉁불퉁하지도 않게 둥글게 만다. 작은 몸으로 구슬보다 곱이나 큰 똥을 영차 굴린다. 울퉁불퉁한 길로 쇠똥구리 둘이 힘을 모아 커다란 쇠똥알을 굴린다.

우리는 재미 삼아 소똥을 빼앗고 쇠똥구리를 작대기로 날리기도 하고 발로 밟았다. 쇠똥구리는 똥을 둥글게 빚어 알을 낳을 보금자리인데, 우리는 못되게 괴롭혔다. 쇠똥구리가 소똥을 치우는 줄도 모르고 짖궂게 굴었다. 이제 멧길도 숲이 우거지고 소도 마을에서 사라졌다. 쇠똥구리는 소똥 없이 어떻게 알을 낳을까. 멧돼지똥이라도 찾을까.

수박

여름이면 마을에 수박 장사가 왔다. 경운기에 가득 싣고 알리면 마을 사람이 몰려와서 고른다. 손으로 톡톡 두들겨 통통 맑은소리가 나면 잘 익은 수박이고 퉁퉁 끊어지면 껍질이 두껍다. 그래도 속은 갈라 봐야 허벅허벅하거나 여물고 짙은지 알기에 아저씨가 세모로 칼집을 내이 속을 보여주었다.

찬물에 수박을 담가 두었다가 시원하다 싶을 적에 쟁반에 놓고 썬다. 수박 한 덩어리 자르면 가운데부터 골라 먹고 숟가락으로 껍질까지 긁어먹었다. 우리는 여름이면 수박이 먹고 싶어 작은고모네와 큰고모네에 갔다. 큰고모네는 살림이 넉넉했는데 구두쇠 이름이 붙어 다녔다. 수박은 마루에도 냉장고에도 있었다.

밭에서 수박을 팔고 남은 수박이 있다고 곤이하고 희야하고 밭으로 갔다. 비탈진 멧기슭 밭에 덩굴을 헤치고 수박을 땄다. 손날을 세워서 힘껏 수박을 내리쳐서 수박을 쪼갰다. 이랑에 쪼그리고 앉아 실컷 먹었다. 코가 수박에 닿고 턱에 닿아 물을 뚝뚝 흘리면서 크다 만 수박 일곱 통을 그 자리에서 먹었다.

집에 와서도 냉장고에 든 수박을 꺼내 먹었다. 고모는 마루에 서서 많이 먹는다고 눈을 부라리며 성을 냈다. 우리는 아랫칸에 모여 고모는 욕심쟁이라고 흉봤다. 큰고모네 아이들 작은고모네 아이들 그리고 우리 집에서 셋이나 갔으니 열이 넘는 아이들로 고모는 얼마나 어수선했을까.

고모 몰래 먹는 수박은 더 맛났다. 이제 생각하면 우리가 따먹은 수박은 어른 손바닥에 드는 크기로 먹지 못할 수박인데도 처음으로 수박밭 이랑에 앉아 배가 터지도록 먹었다. 그런데 그날 고모가 수박 많이 먹었다고 나무란 일 때문일까. 나는 수박을 잘 안 먹는다. 아주 목이 마르면 몇 조각 먹는다. 수박을 먹으면 오줌이 마려워서 귀찮아 안 먹기도 하지만, 어린 날 놀러 간 곳이라고는 두 고모네뿐이니깐.

미움받으면 다음에 오지 못하게 할까 봐 꾸중 듣던 일이 떠올라 먹지 못했다. 수박은 뜨끈뜨끈 볕을 먹고 자라서 속이 붉을까. 두껍고 얼룩진 풀빛과 덩굴을 그늘 삼아 단단하게 자라기에 달고 고운 물로 우리 몸에 깃든 찌꺼기를 여름날에 걸러 주는 듯하다.

수수는 잎이 넓적하고 줄기가 워낙 커서 얼핏 옥수수와 닮았다. 꼭대기에 작은 알곡이 무르익으면서 빳빳이 세운 고개를 숙인다. 우리는 수꾸나무라 하고 수수가 다 익으면 자루에 넣거나 모기그물에 넣고 비비거나 방망이로 두들겼다. 작은 알곡이 밖으로 튀어나가지 않도록 살살 다스린다. 이렇게 떨어낸 작은 수수를 어머니는 디딜방아로 껍질을 벗겨낸다.

디딜방아에 알맹이를 벗기는 공을 끼우고 물을 조금 부어서 뒤적거리며 찧어 껍질을 벗긴다. 껍질하고 알곡이 섞였기에 어머니는 손으로 퍼담아 키로 까불어 부슬부슬 말려서 붉고 찰진 수꾸떡을 구웠다. 아버지는 알곡을 털어낸 수숫대는 모아서 수수빗자루를 엮었다. 끝을 고르게 맞추고 끈이나 쇠로 묶고 자르면서 비로 엮는다. 손잡이로 모은 수수는 한 줌에 잡히는 굵기로 군데군데 벌어지지 않게 쇠끈으로 동여 묶는다. 대는 통통하고 잘록한 손목 같았다.

아버지는 다 묶은 끝을 작두에 넣어 반듯하게 잘랐다. 빗자루에 알곡을 떨어낸 수수에 알록달록한 알곡 껍질이 남았다. 아버지는 못 쓰는 국그릇으로 달라붙은 껍데기를 쭉쭉 훑었다. 그릇이 얇아서 손에 잡기 좋다고 했다. 껍데기를 다 벗기면 빗자루가 깨끗하다. 대를 길게 잘라 엮어 저자에 갖고 가서 팔았다.

우리는 수수를 가위로 자르고 껍질을 벗기면서 갖고 놀았다. 수수는 콩을 벤 뒤에 심고 껍데기를 벗겨야 하고 손이 많이 간다. 어머니가 솥뚜껑을 엎어 놓고 구워 준 수꾸떡은 아주 맛있다. 아버지가 엮은 수수 빗자루로 부엌을 쓸고 뜨락을 쓸었다.

지저분한 자리를 깨끗하게 쓸어 주어서 수수일까. 몸집을 부풀리며 메마른 땅에 잘 자라는데, 여름이 지나면 긴 목을 숙이며 땅을 보겠지. 알곡은 떡으로 우리를 먹이고, 떨어낸 껍데기로 집안을 깨끗하게 쓸어 주고, 긴 대는 우리하고 놀던 수수는 수수한 삶을 말없이 가르쳐 주었다.

순이나무

일터에 갈까 망설이다가 뒷골을 올라가기로 한다. 개나리 풋풋한 내음
하고 아까시 꽃내음이 짙다. 꽃꿀을 찾는 벌이 바쁘다. 언젠가 이 뒷골
에 아까시나무를 보러 온 적이 있는데, 그날 내가 '순이나무'라고 이름을
붙인 나무를 만났다. 일에 바빠 아이들을 할머니 할아버지한테 맡긴 내
모습을 나무 한 그루에서 보았다.

　나는 일에 묶여서 옴짝달싹 못하고, 나무는 어디로도 못 가고 그 자
리에 서서 꼼짝을 못한다고 여겼다. 너무 바쁘게 묶인 일이지만, 오늘만
큼은 일을 잊고 싶어 뒷골에 올라서 순이나무를 찾았다.

　여섯 해 만인가. 순이나무는 껍질이 홀라당 벗겨지고 불에 그을린
듯 까맣다. 나무줄기는 볼품없어 보이지만 우듬지에 흰꽃을 피웠다. 누
가 이 나무를 보아줄까. 누가 이 나무에 핀 꽃을 알아보나. 꽃이 피니 잎
도 돋고, 잎이 돋으니 나무는 늘 싱그러이 살아간다. 그 자리에 꼼짝을
못하고 박힌 듯하지만, 알고 보면 바람을 마시고 해를 머금으면서 홀가
분하게 서서 푸르게 꿈꿀는지 모른다.

　어쩌면 나도 일에 묶여서 살아가는 오늘이 아닌, 이 일을 하려고 여
기에 와서 살아가는지 모른다. 좋은 일도 싫은 일도 아닌, 볼품없거나
못난 일이 아닌, 이 일을 하면서 아이들을 먹여살리고 아이들하고 오늘
을 누릴 수 있는지 모른다. 흰꽃을 피우는 순이나무처럼 나한테도 흰꽃
이 필 날을 그려 본다.

싸리꽃

싸리꽃이 피면 나도 모르게 왼손을 펼친다. 아픈 일이 떠오른다. 할아버지는 들일 밭일을 하지 못했다. 두 지팡이에 몸을 기댄다. 아버지가 한 해에 두 벌 싸리나무를 벤다. 가을에 잎이 떨어질 적에 싸리나무는 굵고 단단해서 마당을 쓰는 빗자루로 묶는다. 여름에 할아버지는 아버지가 베다 놓은 싸리나무로 지게에 얹었다 뺐다 하는 부채꼴 소쿠리를 엮는다.

아버지는 지게에 얹어 꼴을 담는다. 데레끼도 짠다. 데레끼는 어머니가 밭에 다닐 적에 어깨에 메고 다닌다. 데래끼는 단지처럼 둥글다. 싸리나무를 삶기도 하고 날나무를 길게 반 쪼개서 바닥을 틀 잡고 길쭉하게 엮어 크기를 어림잡고 싸리를 세우고 둥그렇게 하나하나 엮는다. 할아버지는 손마디가 뻣뻣한데도 꼼꼼하게 엮는다.

열두 살에 할아버지 곁에서 싸리를 칼로 둘 쪼개 주었다. 그런데 싸리가 잘 휘어져서 엉뚱하게 반 꺾어 보려다 손이 찔렸다. 어느 나무는 휘어지지 않고 똑하고 부러지지만 싸리는 꺾어도 구부러진다. 그래도 꺾어 보려다가 왼쪽 손바닥을 푹 찔렸다. 싸리나무를 꺾어 보면 나무가 한 결이 아니다. 실처럼 가는 결이 뭉쳤는지 판판하게 꺾이지 않고 부러진 끝에 찔렸다. 여러 가닥에 찔렸다. 싸리나무가 깊숙하게 들어갔다.

손에 구멍이 안 난 일로 마음을 놓았다. 싸리나무는 어떻게 저렇게 질길까. 추운 겨울에도 부러지지 않을까. 마당을 쓸 적에는 어쩌면 저리도 빳빳할까. 마당 흙이 보드랍다. 어쩌다 회초리가 될 적에는 나무가 아주 맵다. 깨끗하게 쓸고 따끔한 무기가 되어 무얼 말해 주고 싶을까. 꽃도 보랏빛 가지도 보랏빛 싸리나무에 핀 꽃은 참 가녀리다.

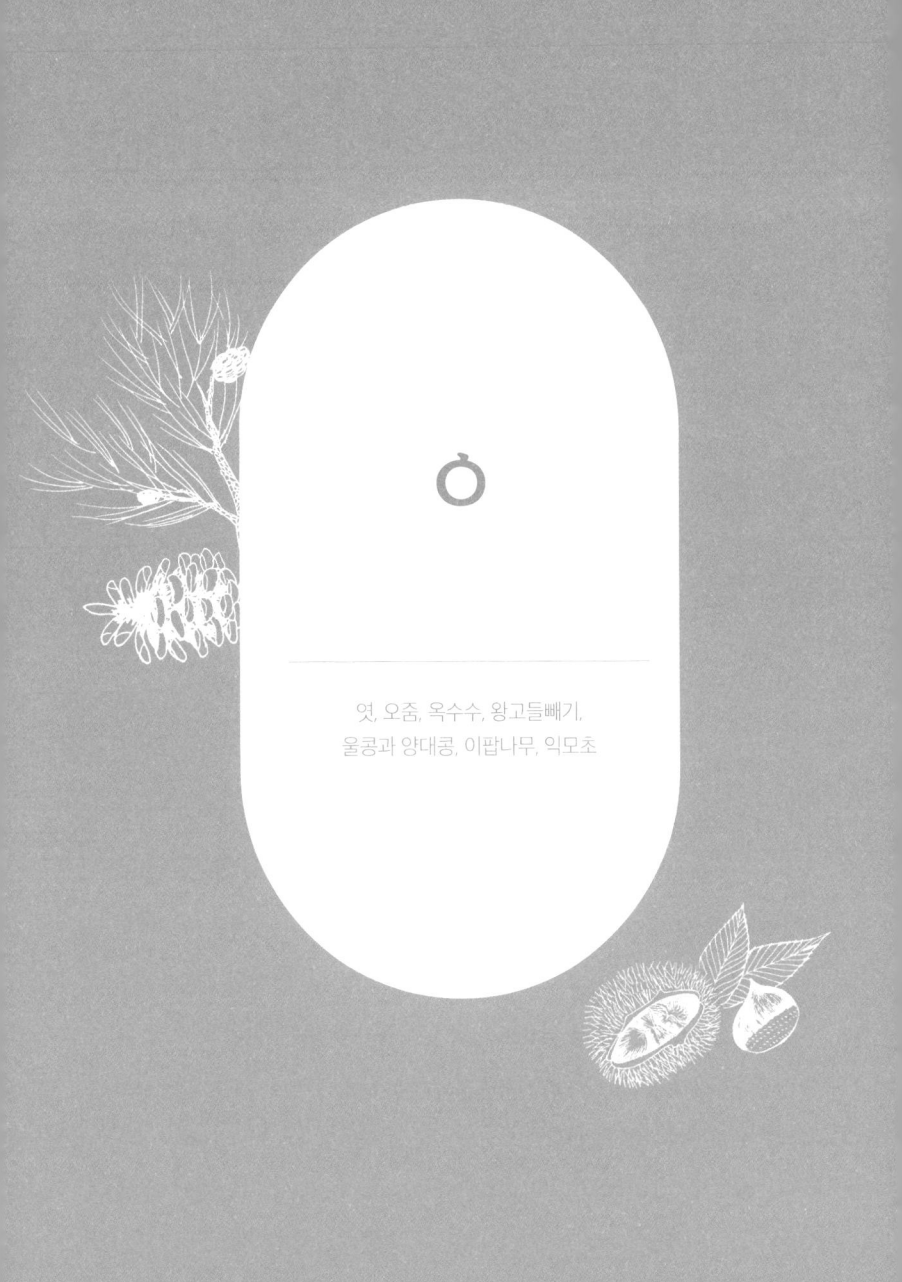

ㅇ

엿, 오줌, 옥수수, 왕고들빼기,
울콩과 양대콩, 이팝나무, 익모초

엿

어린 날 두멧마을에 장사꾼이 들어왔다. 자전거를 타고 얼음과자를 팔러 오고, 당면이나 미역도 판다. 옷보따리를 이고 할머니 장사꾼도 온다. 당면을 사면 할머니가 점을 거저 봐준다. 당면 장사꾼이 돌아가면 엿장수가 들어온다. 가위질 소리가 착착 쇠소리 내며 박자를 맞추고 "울릉도 호박엿 사시오, 깨진 그릇도 갖고 오고, 오그라든 냄비도 좋고, 떨어진 고무신도 받고, 마늘도 갖고 오이소." 엿장수 아저씨가 빨간 확성기로 길게 노래를 하듯 말한다.

확성기 소리를 들으면 장골 이골 목골에서 놀던 아이들이 우르르 뛰어나왔다. 나는 수레에 붙어서서 가위질을 구경했다. 엿을 끊으려고 끌쇠로 어림잡고 가위로 탁탁 치며 엿을 한 줄씩 떼어낸다. 그리고 하얀 가루에 묻힌다. 나는 침을 꿀꺽 삼키고 동생하고 눈을 마주치고는 둘이서 집으로 뛰어간다.

마늘 걸어둔 가게 밑에 할아버지 몰래 기어들어가서 가장 굵은 마늘을 다섯씩 골라 뺐다. 몸이 힘든 할아버지가 우리가 마늘을 빼가자 눈을 부릅뜨고 소리를 지른다. 둘은 등 뒤에 마늘을 숨기고 할아버지 지팡이에 안 맞으려고 몸을 옆으로 비껴 할아버지 방 앞을 지나 대문으로 빠져나와서 고샅길을 달렸다. 흙먼지를 폴폴 날리며 뛴다. 땀도 흠뻑 흘리고 엿장수한테 달려간다.

마을 할머니들이 시내가 흐르는 다리에 앉아 우리를 지켜본다. 마늘을 안 보이게 엿장수한테 주면 엿을 한 줄 끊어 준다. 노랗고 단단한 호박엿도 있고 누런 쌀엿도 있다. 단팥 맛이 나는 얼음과자도 굵은 마늘을 몰래 갖고 와서 바꿔 먹는다. 할아버지가 어머니한테 이르면 꾸중을 들어도 다음에 엿장수가 오면 또 몰래 마늘을 빼서 엿을 바꿔 먹었다.

어머니 아버지는 힘들게 농사짓고 마늘을 말린 뒤 팔아 빚도 가리고 농약값도 갚고 씨마늘도 남겨야 하는데, 우리는 굵은 마늘만 골라 엿장수한테 갖다 주었다. 우리는 마늘값이 얼마인지 몰랐다. 엿장수 아저씨가 우리보고 굵은 마늘 갖고 오라고 했다. 굵은 마늘을 갖다 주어야 엿을 주는 줄 알았다. 엿장수가 갈 적에는 수레에 마늘을 몇 접씩 갖고 갔다.

마늘을 쪼개고 서리 내릴 무렵에 마늘을 심고 해가 바뀐 여름날에 장대비를 맞으며 힘들게 캔 마늘이다. 우리는 철이 없었고, 그래도 잘못인 줄은 알았는지 밭에서 돌아온 어머니 아버지를 보면 눈도 맞추지 못했다. 참 어리석었다.

오줌

비를 맞은 길바닥이 푹 꺼지고 웅덩이가 생겼다. 패인 자리에 빗물이 찰랑거린다. 빵빵한 웅덩이에 물길을 트고 찔끔찔끔 물이 흐른다. 또 어떤 길은 누가 오줌을 갈겨 놓은 듯하다. 나는 나무 옆에서 오줌을 눈다. 멧산에 오면 뒷간이 없어 숲에 들어가서 오줌을 그냥 눈다. 어릴 적에도 아무 때나 갈겼다.

비가 오는 날이면 뒷간에 안 가고 마당 한쪽 담벼락에 모아 둔 거름에 비를 맞으며 오줌을 눈다. 내가 눈 오줌이 빗물 따라 마당에 길을 내고 흐른다. 눈이 내리는 겨울에도 거름에 똥을 눈다. 거름도 얼고 내가 눈 똥이 아침이면 꽁꽁 얼었다.

햇볕에 눈이 녹고 이른저녁에 오줌을 누려고 자리를 맡으려다 내가 눈 똥을 밟는다. 몇 걸음만 걸으면 뒷간인데 무서웠다.

어머니는 요강을 방에 둘 적도 있고 문밖 뜨락에 둘 적도 있다. 잠결에 오줌 소리를 듣는다. 아버지 오줌 줄기가 세차다. 나는 앉아서 오줌을 누는데 자꾸만 요강을 타고 흐른다. 오빠들도 오줌을 누고 아침이면 요강이 놓인 자리에는 오줌이 고이고 뜨락에도 고인다.

요강에 오줌이 가득 차서 비우려고 들면 엄지손가락이 오줌물에 담긴다. 오줌을 거름에 부으면 거름이 되고 아버지가 지게에 자루를 깔고 담아서 밭에 가서 뿌린다. 똥도 다 흙에 뿌렸다. 나는 멧산에 갈 적마다 오줌을 누면서 숲한테 뭔가 보태주려나 하고 생각한다.

옥수수

여름이면 대김이(마을밭 이름) 밭둑에 옥수수가 올라온다. 옥수수가 굵고 알이 여물면 꺾는다. 마당에 놓고 겹겹이 쌓인 잎을 하나씩 깠다. 알갱이는 촉촉하고 털이 보드랍다. 수북하게 쌓인 껍데기는 소먹이로 던져준다.

어머니는 마당에 걸어 놓은 솥에 불을 때서 옥수수를 삶는다. 달디단 가루를 뿌리고 굵은소금을 뿌린다. 둥근 그릇에 담아 마루에 앉아 입김으로 식혀서 먹는다. 대에 스며든 단물 짠물까지 쪽쪽 빨아 먹는다. 물기가 다 빠지면 꽁지에 꼬챙이를 꽂았다.

우리가 까먹은 대가 바싹 마르면 등을 긁었다. 저녁만 되면 어머니 아버지는 나한테 등을 긁어 달라고 했다. 고사리손으로 등을 긁기에는 어머니 아버지 등이 넓었다. 어머니는 간지럽다고 더 세게 긁으라고 한다. 손톱자국이 벌겋게 나도 시원하다면서 코를 골며 잠이 든다.

어머니 등은 미끌미끌하고 촉촉했다. 나는 등이 가려우면 선틀(문설주)에 기대 비비다가 어머니한테 등을 내민다. 어머니 손끝이 너무 매워서 등이 아프다. 이럴 때 까끌까끌한 옥수수대는 참하게 한몫 거든다. 옥수수는 여름 한철 맛만 보는데 꺾지 않아서 먹을 때를 놓치면 알이 딱딱하고 뻣뻣해서 소한테 먹인다.

고르고 잘 익은 알을 가려 껍질로 묶어서 처마나 부엌문 옆에 걸어 두었다가 봄에 씨앗으로 쓰고, 설이 가까우면 옥수수를 뻥튀기해서 먹었다. 여름볕에 쑥쑥 자라는 옥수수야, 잎으로 감싸고 또 감싸서 더위 먹지 않고 잘 자란 옥수수야, 어머니 아버지 등을 시원하게 긁어 주어 고맙구나.

왕고들빼기

깊은 산에서 왕고들빼기를 만난다. 무릎까지 자랐다. 잎이 넓고 찢은 듯 자라서 축 늘어지고 크다. 둘레에 자라는 풀은 어린 날 우리 소가 잘 먹었고 왕고들빼기도 군데군데 자라는데 토끼가 잘 먹었다.

나는 몇 골라내기도 하고 배움터에서 돌아오자마자 논둑이나 길가에서 한 줌 뜯어 토끼를 보러갔다. 토끼는 샘터 앞집에서 키운다. 대문이 없고 오른 담벼락에 나무로 지은 이삼층 토끼집이 있었다. 풀을 넣어주고 칸막이를 내려 잠그고 토끼가 풀을 먹는 모습을 지켜본다. 하얀 토끼 까만 토끼가 입을 오물거리며 풀을 뜯어먹는 입이 귀여웠다. 쫑긋하는 긴 귀도 깜찍하다. 가끔 문을 열고 토끼 귀를 잡아 들어 보았다.

아버지가 겨울에 잡아 온 굳은 토끼는 본 적은 있어도 살아 움직이는 토끼를 쓰다듬으면 털이 곱고 따뜻하고 말랑했다. 만지고 놀고 바라보느라 다리 아픈 줄도 모르고 서서 노느라 해 떨어지는 줄도 모른다.

집에 가면 어머니 아버지는 들일을 나가고 우리는 소꼴은커녕 앞집 토끼풀만 뜯었다. 토끼풀로 준 고들빼기는 어머니가 삶아서 무치기도 하고 김치도 담근다. 고들빼기는 우리 입에도 쓴데 토끼는 쓴맛이 나는 씀바귀나 고들빼기를 잘 먹네. 꽃반지 꽃시계로 묶어서 손에 차고 놀던 토끼풀보다 고들빼기를 토끼풀로 알았다. 토끼가 어떻게 쓴 풀을 잘 먹을까. 입맛이 없어 먹었을까. 쓴 기운에 잠을 푹 자려고 했을까.

울콩과 양대콩

아버지가 콩을 뿌리째 뽑아서 마당에 두면 할아버지가 마당에 널었다. 메주콩이나 콩나물콩이 바싹 마르면 지팡이를 짚고 다니시는 할아버지는 엉덩이를 질질 끌면서 작대기로 두들긴다. 앉아서 도리깨질을 했다. 힘에 부치면 도리깨를 받아 나도 내리쳤다. 콩줄기를 걷어내고 모으는 일까지 할아버지가 했다.

그러나 울콩이나 양대콩은 손으로 꼬투리를 벌리면서 깠다. 모두 모아 봐야 부피가 얼마 되지 않았다. 봄에는 울콩을 감자밭 고랑에 심었다. 콩꼬투리가 여물면 알록달록 곱다. 껍질이 두껍고 콩알도 굵다. 콩 꼬투리를 까면 빨간 콩도 있고 얼룩무늬 콩도 있다. 어머니는 울콩을 감자콩이라고 했다. 감자가 자라지 못해 마른자리에 울콩을 고랑 사이사이에 심고 감자하고 같이 캔다고 붙였는지도 모른다.

봄에 심은 또 다른 콩은 덤불로 자라 넝쿨 줄기가 잘 뻗도록 올려주면 가을에 여물어 땄다. 콩꼬투리가 얇고 콩도 울콩보다 자잘하다. 콩을 까서 들여다보면 어금니하고 닮았다고 어금니콩이라 했다. 콩을 광주리에 담아 놓고 어머니하고 깠다. 깍지를 벌려 콩알을 헤아리기도 하고 알이 영근 꼬투리를 골라 까면 여물지 못한 콩은 겉보기도 두껍고 몇 알만 들었다.

꼬투리 하나에 다섯아이 일곱아이처럼 사이좋게 자라는 동안 한 꼬투리에도 크기가 다르다. 가운데 콩이 굵다. 여름 콩은 햇볕을 많이 먹어서 통통하고 알록달록 붉은가. 가을에 따는 양대콩은 알이 많아 못난이가 되었네. 다 같은 콩인데도 감자밭에서 자란 콩과 밭둑에서 자란 콩처럼 자리가 한몫 할까. 작은 콩알 하나가 꼬투리로 열리고 숱한 꼬투리를 달고 나오다니, 씨앗은 언제나 놀랍다. 말씨 마음씨도 씨앗일 테지.

이팝나무

갓 지은 밥내음이 가득하다. 주걱으로 밥을 한쪽으로 살살 걷고 누룽지를 푼다. 다시 밥을 누룽지 걷은 자리에 물리고 남은 누룽지를 걷는다. 막 걷어낸 누룽지가 김이 날아가자 꾸덕꾸덕하다. 나는 누룽지를 먹으려고 쌀을 조금 더 안친다.

어린날 아침저녁으로 부엌창(봉창)에 서로 고개를 내민다. 어머니가 가마솥에 불을 때면 솥뚜껑 틈으로 쏴아 쎄에 하고 김이 뿜는다. 이윽고 뜸이 들면 밥내음을 먼저 맡은 나는 문턱에 두 팔을 얹고 손을 내민다. 뒤에 온 작은오빠와 동생이 내 등을 타고 꾸부정하게 목을 빼고 손을 내민다.

어머니가 가마솥 손잡이를 행주로 잡고 솥뚜껑을 열면 김이 손 가득 빠져나온다. 보리밥 가운데에 한 줌 얹은 쌀밥을 섞는다. 어떤 날은 노란 좁쌀로 밥을 짓는다. 어머니는 도시락을 먼저 담고 밥을 퍼서 부뚜막에 둔다. 그리고 누룽지를 긁는다. 둥그런 쇠주걱으로 긁다가 부뚜막에 발을 올리고 긁는다. 누룽지가 빳빳해서 납작하게 나오는 날도 있고 질어서 어머니가 손에 얹어 꼭꼭 말면 주먹밥처럼 준다.

어머니는 먼저 손 내민 나부터 준다. 셋이 똑같이 하나씩 준다. 누룽지를 받아들면 부엌창을 닫고 아껴먹는다. 우리는 밥보다 누룽지를 먼저 먹었다. 쌀밥 좀 먹어 봤으면 싶던 날에 우리가 받아 쥔 누룽지는 일을 많이 하시는 아버지 한 끼 밥인데 누룽지만 기다리는 우리 마음을 알고 어머니는 누룽지가 나오도록 밥을 지었다.

우리가 누룽지를 먹기에 어머니 아버지는 밥알 몇 떠다니는 숭늉을 먹는다. 어머니는 누룽지가 안 먹고 싶었을까. 하얗게 꽃이 핀 이팝나무를 보며 누룽지를 먹던 때를 그린다.

익모초

산에서 익모초를 마흔 해 만에 보았다. 멧산 층층 쌓인 자리를 밟으니 돌이 부서진 풀밭에 피었다. 어머니는 육모초라 했다. 익모초는 쑥하고 닮았다. 잎은 쑥보다 좁고 길쭉하다. 풀이 내 허리께에 오고 꽃대가 빳빳하고 한 뼘쯤 꽃이 피었다. 보랏빛이 도는 작은 꽃이다.

아버지가 가을에 풀을 베어 엮어 두었다가 말린다. 어머니는 아버지가 말린 익모초를 겨울에 가마솥에 넣고 팔팔 끓여서 그 물로 감주를 삭히고 물엿을 끓는다. 더 졸여서 동글동글 비벼 알로 먹는다.

어머니는 익모초로 비빈 구슬 맛이 향긋하다고 했다. 어머니한테 좋은 풀을 어머니는 어떻게 알았을까. 마을 어른한테서 배웠을 테지. 어머니도 많은 풀 가운데 꽃을 보고 찾아내는지 모른다. 묵혀둔 땅에 익모초가 많이 자랐다. 풀 같지만 곧고 꽃이 곱게 피어 눈에 잘 띈다.

목골 정이네 뒷간이 있는 높은 밭둑에 이 풀이 많았다. 그날 나는 우리 어머니 갖다 주려고 한 포기 뽑았다. 꽃대를 잡고 걸어가는데 내 허리춤까지 오고 굵고 크다. 우리가 먹는 쑥도 쓰고 한약도 쓰던데 몸에 좋은 풀은 모두가 쓸까. 익모초 달인 물을 많이 얻어먹어서 나한테도 좋았지 싶다. 둘째 낳고 몸이 힘들고 눈이 자꾸 어두웠는데, 열두 해 만이지만 어느새 밝게 나았으니, 어린 날 이 살림풀(약초)을 많이 먹어서인지 모른다.

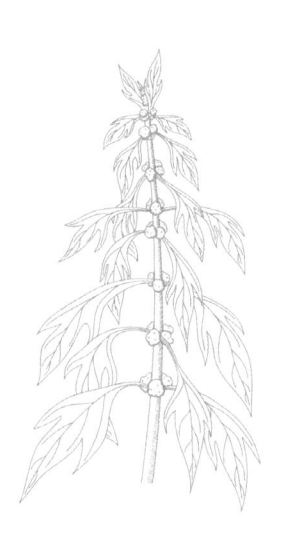

ㅈ

잔대, 잔디, 재, 정구지, 조, 쥐똥꽃,
질그릇, 쪽제비싸리나무, 찔레나무

잔대

우리 마을 멧골이 잔디밭이다. 마을로 잇는 여러 등성이 골골에 마을사람이 다녔다. 풀이 자라고 잔디를 소한테 먹이고 낫으로 베어서 땔감을 했다. 멧골에 나무가 없었기 때문에 잔디가 살고 우리는 소 먹이러 가서 잔디밭에서 뛰어놀았다.

잔디 곁에 잔디보다 잎이 넓은 풀이 자랐다. 노란꽃을 피우는 잔대가 있는데, 우리는 '짠대'라 한다. 쪼그리고 앉아 잔대를 캔다. 호미를 안 갖고 간 날에는 손으로 흙을 팠다. 뿌리에 붙은 모래흙이 잘 털렸다. 뿌리가 까맣다. 깎거나 훑어낸 뒤 잘근잘근 씹어먹었다.

어머니 아버지도 가끔 잔대를 캐서 먹지만 일하느라 캐고 먹을 틈이 없다. 잔대는 소 먹이러 가면 누리는 우리 새참이다. 배불리 먹지는 못해도 몇 뿌리 캐서 씹으면 씹을수록 뿌리맛이 달콤하다. 내 혀는 어린 날 먹은 잔대를 떠올릴지 모른다.

민둥산에 더는 나무를 베지 않아 나무가 자라고 햇볕을 쬐지 못한 잔대가 많이 사라졌다. 산등성이 모두가 잔디밭이었으나, 이제는 무덤에서나 본다. 내가 들녘을 좋아하는 까닭이 어쩌면 우리 마을 온 등성이를 잔뜩 덮은 잔디밭에서 뒹굴며 놀아서인지 모른다.

잔디 틈에 자라고 우리가 캐먹은 잔대가 '원삼'이었다고 하니 우리가 잔대를 많이 먹어서 여태껏 잔앓이를 안 하는지 모른다. 무덤도 차츰 사라지면 잔대는 어디서 뿌리 내릴까.

잔디

잔디에 대가 쑥 올라와 씨앗이 영근다. 중학교 다닐 적이 떠오른다. 여름이면 빠지지 않고 잔디훑기를 시켰다. 작은그릇을 들고 장골 뒷산에 오른다. 묏자리에 잔디가 많다. 대를 손으로 꼭 잡고 당기면 두 손가락 사이에 딱 씨앗이 붙는다. 그릇에 손가락을 비비면 잔디가 떨어진다. 손에 묻힌 씨앗을 담다가 흘린다. 그렇게 흘린 씨앗이 무덤터에 다시 뿌리를 내렸지 싶다.

작은 씨앗을 그릇에 채우려면 쪼그려앉아 오래 훑어야 한다. 갖고 갈 몫을 채우려면 볕이 뜨거워도 해야만 했다. 그러나 잔디씨 훑는 일은 그렇게 싫지가 않았다. 이 숙제가 어렵지 않으니깐 좋았다. 내가 훑어 온 잔디씨를 글월자루(편지봉투)에 담아서 낸다. 그러면 부피를 채웠는지 살피고 무게를 단다.

잔디는 배움터에서 시켰기 때문에 훑기도 했지만 팔려고 훑기도 했다. 어머니 아버지도 많이 훑었다. 재 너머 덥니미에 소풀을 먹이면서 잔디씨를 훑는다. 온집안이 훑어 한 되가 모이면 어머니는 저자에 가서 팔았다. 우리는 잔디씨를 온집안이 훑어서 파는데 배움터에서는 왜 거저로 잔디씨를 거두는지 못마땅했다. 너른터(운동장)에 뿌리지도 않는데 왜 억지로 훑어오라고 시킬까.

잔디가 많은 자리에는 다른 풀이 없었다. 잔디뿌리가 질기고 얼기설기 그물로 엮으니 다른 풀이 자랄 틈을 주지 않는다. 우리가 잔디밭에서 뛰어놀아도 흙보다 안 미끄럽고 넘어져도 덜 다친다. 그래서 흙과 풀이 없는 큰고장 쉼터에 깔려고 했을까. 먼나라로 팔아넘길까.

　그때 우리가 훑은 씨앗이 곳곳에 퍼졌을지도 모른다. 어쩌면 운동선수도 우리 어머니 아버지가 훑어 준 잔디씨앗으로 덜 다쳤을지도 모른다는 생각이 든다. 키가 많이 안 크고 풀밭이 되어주는 잔디가 뜻밖에 다른 풀이 들어오지 못하게 하는 재주가 있네. 흙을 얼마나 꼭 잡고 자라면 그럴까. 잔디씨앗 하나가 큰일을 해낸다.

재

우리 집 아궁이는 네 군데가 있어 돌아가며 재를 퍼냈다. 아궁이에 불을 땔 때면 보드라이 재가 쌓인다. 나는 재를 퍼내는 심부름이 싫었다. 가루가 날리고 무거운 망태를 들고 높은 부엌문을 넘기가 힘들었다. 그렇지만 재가 가득 차면 삽으로 퍼내야 아궁이에 넣은 나무가 솥바닥에 닿지 않는다.

새끼를 꼬아 만든 무거운 삼태기에 재를 퍼담아 거름에 쏟아붓는다. 내가 아주 어릴 적에 어머니는 재로 그릇을 씻은 적이 있다. 짚에 재를 담아 물을 부으면 노르스름한 물이 나왔다. 이 물로 빨래를 했다.

할아버지는 몸이 안 좋아서 마당을 기어다니는데, 옷에 흙먼지가 붙고 더러웠다. 비누는 없고 잿물로 빨아도 한복 깃을 달 풀이 없어 이웃한테서 얻어 손질했다. 어머니가 갓 시집 왔을 때는 쌀도 없어 밥풀도 없었다. 아버지는 큰집살이 하면서 밥 먹을 적에 쌀밥을 골라내서 상 밑에 두었다가 들이나 밭에 갈 적에 어머니를 주면 어머니는 그 밥알로 할아버지 저고리 깃을 붙이고 바느질을 해서 입었다. 아버지는 임자 몰래 먹느라 눈치를 보았다.

어린 날에는 보리 짚단에 불을 지펴 밥을 했다. 산에 나무가 자라는 대로 땔감으로 써서 산에도 나무가 없고 땔나무도 늘 모자랐다. 아궁이 불이 타고 남은 재로 그릇을 닦고 빨래를 하면 때가 잘 빠졌다. 이제는 그릇을 따로 넣고 씻는 비누도 나오고 빨래비누도 잘 나와 때가 잘 빠진다.

우리 집에 비누가 없던 때, 불씨가 타고 제 몸 태우고 남겨놓은 재를 어머니는 살뜰히 썼다. 장작도 짚단도 재를 남기고 불을 활활 태우고 바람에 날아갈 듯한 가루로 남아 찌든 때를 빼주었네. 나무와 짚은 우리 집을 따뜻하게 해주고 보드라운 재가 되어 깨끗하게 삶을 일구라고 말하고 싶은지 모른다.

정구지

어릴 적 장골 밭을 찾는데 헤맨다. 내가 생각한 길이 다르고 나무가 빼곡하다. 그동안 다니던 비스듬한 등성이 옆구리에 난 오솔길이 넓다. 예전에 이 오솔길 곁으로 텃밭이 조그마했고 정구지와 파를 심었다.

어머니 심부름으로 정구지와 파를 베러 다녔다. 정구지를 한 판 베고 나면 비가 온 뒤에 쑥쑥 자랐다. 이렇게 정구지를 베고 나면 더 기운차게 자랐다.

정구지에 꽃대가 가늘고 야물게 올라오면 꽃이 핀다. 부추꽃이 예뻐서 나한테 스스로 정구지라는 이름을 붙였다. 순이 경이 정이 숙이한테 나를 정구지로 부르라고 말했지만, 아이들은 한둘 부른 뒤로 더 부르지 않았다.

나는 몸이 여려서 잘 아프고 잘 울었다. 어머니하고 작은오빠가 '땡삐야' 하고 부르면 나는 입이 한 발 나왔다. 듣기 싫었다. 이름은 다른 사람이 내 몸짓이나 마음 씀씀이를 보고 붙인다. 나는 어머니를 졸졸 따라다녔다. 일하며 거추장스러워서 어머니는 나를 떼려고 하고 나는 안 떨어지려고 울었다. 하도 울어서 어머니가 붙여준 '땡삐'이다.

정구지는 베고 베어도 잘린 자국이 사라지고 깨끗하게 나니 놀랍다. 베고 베어도 저렇게 잘 자란다. 무치고 부치고 많이 먹고 티없이 자라난다. 이제 시골에서는 땔감으로 나무를 쓰지 않아 나무가 숲을 이루고 예전 우리 집 정구지밭도 숲으로 돌아갔다.

조

강아지풀 닮은 서숙(조)은 잎이 옥수수를 닮았다. 우리 집은 논이 얼마 없지만 논둑마다 귀퉁이에 조금씩 심었다. 열다섯 살까지는 노란 좁쌀밥을 먹었다. 보리밥만 먹은 적도 있고 좁쌀에 쌀을 한 줌 섞는다. 찰진 좁쌀은 맛이 있던데 그때는 찰지지 않은 노란 좁쌀이라 내 입에는 거칠어 맛도 없고 먹기 싫었다. 거친 보리밥과 좁쌀을 오래 먹어 쌀밥 먹는 일이 꿈이었다.

내가 태어나기 앞서 우리 어머니는 한 해 동안 좁쌀만 먹고 살았단다. 부자들은 쌀밥을 먹고 어머니는 서숙 두 가마니를 찧어 좁쌀로 죽을 끓인다. 아버지는 어머니와 함께 지내면서도 남집에 여덟 해나 옮겨가며 일해주며 살았기에 쌀밥 구경이라도 했지만, 어머니는 좁쌀로 버텼다.

이제는 밥에 섞어 몸에 좋다고 먹지만 우리는 먹을 쌀이 없어 누렇게 익으면 잘라서 털고 까불어서 밥을 짓는다. 그래도 좁쌀이 있어 우리 어머니가 한 해를 버티게 해준 고마운 밥이다.

그래서일까, 고개 숙인 조를 보면 슬프다. 배불리 먹지는 못해도 배곯지 않게 하고도 무엇이 섭섭할까. 가는 줄기에 그 많은 알곡을 맺어 어머니와 우리 몸을 돌봐주고도 고개 숙어 참한 삶을 살피려 할까.

쥐똥꽃

쥐똥나무에 까치가 앉자 어디서 날아왔는지 직박구리가 시끄럽고 사납게 울어댄다. 작고 까만 열매가 송사리로 맺었는데 까치는 먹지 못하고 쫓겨갔다. 까만 열매가 쥐똥 닮아서 쥐똥나무 이름이 붙었지 싶은데, 열매가 많은 만큼 쥐도 많아 붙였을까.

어릴 적에 우리 집에 쥐가 많았다. 어머니가 집 둘레를 깨끗이 치워도 쥐는 어디 숨었다가 나오는지 담벼락이나 뜨락 따라 휙 지나가 부엌 모퉁이 가게로 사라졌다. 부엌 앞에 장독대가 있고 모퉁이를 돌면 김치단지를 묻어두었다. 바로 옆에는 디딜방아가 있었다.

하루는 김치독을 묻은 가게를 지나 뒷집 담을 기어 올라갔다. 뒷집은 언덕이라 담이 높다. 우리 담장에 올라서도 내 키를 넘는 뒷집 언덕을 받치는 돌을 잡고 오른다. 빙 돌아서 가기 귀찮아서 담으로 다녔다. 다시 담을 타고 내려오다가 쥐를 보았다.

김칫독을 덮어둔 쪽으로 사라졌다. 나는 어디로 쥐가 들어갔는지 두리번거리다가 생쥐를 보았다. 지푸라기에 다섯 마리가 모였다. 나는 생쥐 한 마리를 집어 손바닥에 놓고 보았다. 눈도 안 떴다. 갓 태어난 쥐는 살결도 곱고 보드라워 귀여운데 자라니까 검은 털이 나고 징그럽네.

아버지가 담아 놓은 나락 가마니를 뚫고 밀가루 자루도 갉아먹고 기둥도 갉아먹고 우리 집 저지레꾼이었다. 쥐는 하도 빨리 달아나서 잡지 못하고 작대기로 쫓았다. 쥐똥 따라 쥐덫을 놓고 약도 놓고 찐득이도 놓았다. 아침마다 한 마리는 걸려들었다. 쥐는 우리가 먹는 반찬도 훔쳐 먹고 나락도 훔치고 고구마도 갉아먹는 도둑으로 살았다. 부엌이 따뜻 해서 불을 켜면 후다닥 달아나는 쥐하고는 사이좋게 지내지 못하네.

쥐똥꽃은 저렇게 하얗게 피는데 삶은 시커멓네. 쥐는 집안이 많아 서 사람들이 싫어하느라 숨어살고 훔쳐먹나. 쥐똥나무는 쥐가 먹은 만 큼 열매를 맺어 새한테도 나누네. 땅바닥 어딘가에 사는 쥐는 제 똥을 닮은 열매가 있는 줄 알려나. 나무를 타고 따먹을까. 쥐는 도둑질 안 하 고는 못 사나. 요즘은 시골집을 번듯하게 짓는데 쥐는 어디서 살까. 사 람 눈에 안 띄는 구석을 잘 치우기도 하는데도 미움받던 쥐랑 같은 이름 인 쥐똥나무는 새한테서 사랑받는 나무가 되었네.

질그릇

우리 어머니는 장터에서 자랐다. 외할아버지가 시장에서 질그릇(옹기) 장사를 했다. 우리 마을에서 재를 하나 넘어 서너 마을에 있는 저잣판이다. 질그릇은 전쟁이 일어나자 더 잘 팔렸다. 물이며 된장이며 똥물이며 담는 그릇이 모두 질그릇이다. 전쟁으로 살림이 다 짜들었기에(깨졌기에) 질그릇만큼은 바로 써야 하기에 불티났다.

외할아버지가 총각 때 삼촌 밑에서 크며 질그릇 솜씨를 배웠다. 그때 혼인신고도 하지 않은 외할머니를 만났다. 외할머니는 데리고 온 아이가 있어 외할아버지와 혼인신고를 하지 못했다. 그런데 외할머니는 외할아버지를 새 장가를 보냈다.

두 여자가 한집에 사니 살림이 시끄럽고 장사도 잘 안 풀렸다. 질그릇을 잘못 구워 하얗게 되어 깨뜨리기를 거듭하자 외할아버지는 노름에도 손을 대고 천천히 무너졌다. 맏딸인 우리 어머니가 공장에서 일하고 설 쇠러 왔다가 외할아버지가 시집을 보냈다. 어머니 입 하나 덜어 보려고 아무 데나 짝을 맺어주었다.

질그릇을 파는 집 딸이면서도 우리 집에는 단지가 몇 없었다. 어머니는 외할아버지가 엉망이 된 삶이 떠오를까 질그릇을 장만하지 않았는지 모른다. 집이 기울어 질그릇을 해줄 살림이 못 되었지 싶다.

내가 질그릇을 보면 설레는 마음을 조금은 알 듯했다. 어머니한테서 뼛속으로 물려받았을까. 손으로 빚은 그릇에 투박한 외할아버지 손길을 저절로 느끼는지 모른다. 질그릇에 눈길이 쏠리는 실마리를 찾는다. 질그릇은 언제 봐도 소담스럽고 설렌다.

쪽제비싸리나무

아까시나무하고 많이 닮아 헷갈리는 나무이다. 아까시나무는 빳빳하고 하얀꽃이 송사리로 피어 축 처진다. 쪽제비싸리나무는 가시가 없다. 대가 억센 풀 같고 꽃이 하늘로 곧게 자라고 줄기만큼 길쭉하다. 아까시나무와 같이 가위바위보 하면서 손가락으로 잎사귀를 따먹고 가지를 머리에 감아서 볶는 놀이를 했다.

우리는 쪽제비싸리나무를 꺾어 손톱에 발랐다. 내 손톱은 넓적하고 끝이 잘 부러진다. 어릴 적에는 손톱깎이가 없어 칼이나 이로 물어뜯으며 깎았다. 손톱 밑살이 드러나면 아프다. 손톱 둘레에 까시래기가 일어나 따끔하다.

손톱 뿌리에 하얀 반달을 덮은 살을 칼이나 연필로 밀어넣고 칼로 자르다가 피도 나고 까시래기가 더 일어났다. 어른들은 손톱에 까시래기가 일어나면 미움받는다는 말을 했다. 가지를 꺾어 나무물을 손톱에 바르면 반짝거리고 손톱이 힘이 있어 덜 부러지고 손톱이 볼록하다. 손톱 빛깔이 맑게 그대로 보인다.

내 손톱은 빠졌다가 다시 나기도 하고, 부채꼴로 퍼지기도 했지만 마알간 빛이 돌아 어쩐지 고왔다. 어린 날에는 손톱에 덧발라도 답답하지 않았다. 어른이 되어 손톱에 뭘 바르면 손톱뿐 아니라 나를 조이는 듯 답답하다. 숨이 막힐 듯해서 이내 지우느라 손톱에 뭘 바른 일은 거의 없다.

내 손톱도 어린 날 쪽제비싸리나무만 떠올리는지 모른다. 저한테서 짜낸 물 아니고 다른 뭘 바르지 못하게 한다. 뻑뻑한 물은 나뭇잎이 부지런히 햇살을 먹고 일하며 모은 피일는지 모른다. 내 손톱은 풀만 좋아하는가. 댕강 꺾어도 기쁘게 푸른물을 내어준 쪽제비싸리나무야, 예전에는 말을 못했지만, 참 고마웠어.

찔레나무

찔레는 꺾는 자리가 따로 있었다. 배움터에서 집으로 돌아오는 재 밑이다. 산 따라 도랑이 길 따라 이어졌다. 도랑에 다리를 걸치고 비탈진 산으로 몇 걸음 오른다. 흙을 밟으면 땅이 비스듬하고 흙이 푸석해서 발이 흙하고 같이 미끄러진다. 어떤 날은 주르르 몸이 미끄러져 엉덩이를 찍는다.

찔레는 덩굴이 커서 잎이 나무를 가린다. 덩굴줄기에 삐죽 올라온 새싹을 먹는다. 가시덤불에 있는 싹도 팔을 뻗어 꺾는다. 가시를 살살 비껴서 꺾어도 손등이 긁힌다. 싹이 굵고 보드랍고 풀 맛이 상큼하다. 길쭉한 찔레를 앞니로 똑똑 꺾어 씹으면서 아껴 먹는다.

새싹 가운데 살이 통통하고 굵은 찔레가 맛이 좋다. 어떤 찔레는 가늘고 가시가 돋아 질겨서 껍질을 벗겨내고 먹는다. 찔레 몇 가닥 꺾어 먹으면 목마름도 사라진다. 배도 무척 부르다.

겨울이면 흰꽃이 진 자리에 빨간 열매가 달린다. 우리는 열매는 먹지 않고 가끔 꺾어서 들고 논다. 아버지는 눈 내린 겨울에 이 열매에 무슨 약을 묻히고 산에 덫을 놓고 토끼를 잡아 온다. 아버지는 "싸이나 놓는다"고 했다. 찌르기 가시 때문에 찔레라는 이름일 텐데.

살짝 떫으면서 달콤한 맛인 찔레를 짐승도 먹겠지. 찔레는 새싹을 우리한테 빼앗기지 않으려고, 또 나무로 살아가는 길이 힘들어 덩굴을 짓는다고 생각했다.

ㅊ

참나무, 채송화

참나무

겨울이 되면 비등수에 올랐다. 아버지는 마을 어른들과 비렁에 기대 햇볕을 쬐고, 우리는 좀더 올라가서 좋은 참나무를 하나씩 맡았다. 나는 나무 밑 흙이 보드라운 자리를 골랐다. 솔잎을 따서 바닥을 쓸고 모래미를 그러모으고 우리 집에 오지 말라고 작대기로 금을 긋는다. 돌멩이를 주워서 울타리를 쌓았다. 납작한 돌을 줍고 집에서 갖고 온 사금파리나 옹기 접시 깨진 조각을 돌에 놓고 살림놀이를 했다. 흙을 떠서 밥을 담고 떨어진 도토리를 몇 주워 한 접시 담고 풀잎을 뜯어 돌멩이로 찧고 솔잎도 돌에 찧어 접시에 담아 한가득 차린다. 냠냠 밥을 먹는 시늉을 했다.

좁은 길 따라 동무 집에 찾아가는 손님놀이도 했다. 우리 살림은 풀이랑 돌이랑 나뭇가지뿐이지만, 추운 겨울에 볕을 쬐면서 노는 일은 재밌다. 비등수는 온통 참나무이고 아궁이에 불을 때느라 다 베어서 산에 나무가 없었다. 나무가 어려서 도토리도 드물었다.

어머니는 도토리를 주워 방앗간에서 갈아 와 자루째로 물에 세 시간 담그고 검은 물을 뺀 뒤, 치대면서 찌꺼기를 거르고 웃물을 버리고 가라앉은 물을 끓여서 도토리묵을 했다. 낮에 한 끼 밥 삼아 먹었다.

우리는 참나무 밑에서 살림을 배웠네. 도토리는 묵으로 우리가 먹으니 우리도 참나무가 된 셈일까. 멧비탈에 볕이 들어 추운 줄 모르고 집을 다스리며 참삶을 배운다. 우리가 따뜻하게 먹고 자도록 해준 고마운 참나무야, 새잎 돋아 몰라보게 자랐을 테지. 뿌리 곁에서 놀이하고 흙을 쓰다듬던 어린 꼬마 집을 날마다 바라보며 어른나무가 되었을 테지.

비등수에서 우리 집을 기웃하는 참나무야, 그때 조촐하게 꾸민 집은 아직도 내겐 꿈속 그림 같은 집이지. 그래서 마당이 있는 울타리와 오솔길을 좋아하는지도 몰라.

채송화

채송화 세 뿌리를 얻었다. 줄기가 부러져도 뿌리가 남아서 곱게 옮겨심는다. 이 아이가 살아날까 싶었는데 하룻밤 사이에 몸을 곧추세운다. 어린 날 채송화는 코스모스가 올라올 적에 길가에 흔하게 피었다.

열두 살 적에 배움터에서 마을마다 꽃밭 가꾸기를 시켰다. 우리 마을에는 꽃밭을 꾸밀 터가 없어 마을 어귀 다리를 건너자마자 나오는 비탈진 골에 꽃밭을 꾸미기로 했다. 육학년 언니오빠가 풀을 베고 호미로 풀을 매고 조그맣게 꽃밭을 꾸몄다. 일요일마다 마을지기가 노래를 틀었다. 어른은 마을을 쓸고 치운다면, 아이는 꽃삽을 갖고서 꽃밭을 가꾸었다. 어른은 한 집에 한 사람은 꼭 나와 마을을 치워야 하고, 안 나오면 돈을 물렸다.

봉숭아 분꽃 접시꽃을 심었던가. 배움터에서는 마을을 자전거로 돌아보면서 꽃밭을 살핀다고 했다. 비가 오면 개울에 물이 불어 꽃밭에 가지 못한다. 꽃을 심어 놓은 자리로 둘레 나무하고 풀이 뻗고, 몇 날쯤 꽃밭을 돌본다고 해도 아이들은 으레 시들하기 마련, 꽃밭이 풀밭이 되었다. 해가 들지 않는 자리라 꽃이 자라기 힘들다.

채송화는 마을에서 흔하게 보았다. 우리 집 마당에도 골목에도 길에도 드문드문 피었다. 고운 꽃잎을 쪼그리고 앉아서 보면 하루 해가 저문다. 우리는 채송화 줄기를 닮은 풀을 반찬으로 먹었다. 반찬으로 삼는 풀과 닮은 채송화가 예쁜 꽃을 여러 빛으로 피워서 예뻤다.

산에 들에 있는 풀과 열매는 따다 먹어도 꽃은 잘 보지 못했다. 채송화가 피운 여러 가지 꽃을 볼수록 재밌었다. 보리밥을 물리도록 먹을 적에 꽃에 눈을 돌릴 틈이 있었을까. 채송화는 배고픔을 살짝 잊게 해준 꽃이 아닌가 싶다.

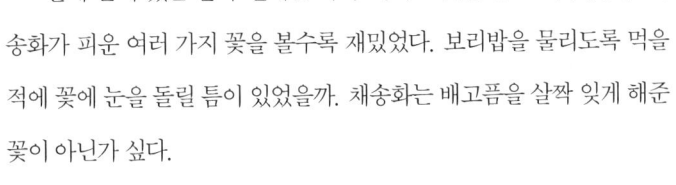

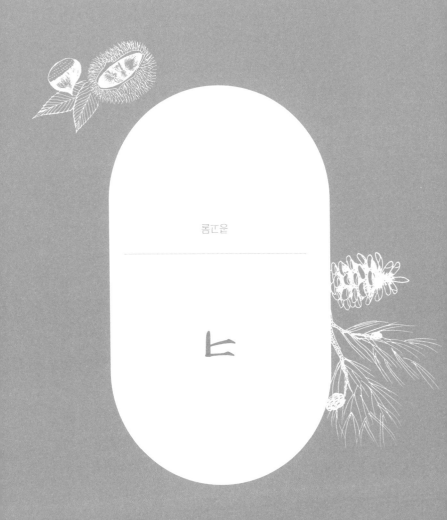

름다운

노

콩고물

우리 집 정지(부엌)는 빗장을 열고 들어간다. 문짝이 두껍고 아궁이에서 불을 때느라 나온 매운 김에 그을려 문이며 천장이며 온통 까맣다. 바닥은 오돌토돌하지만 밟히고 밟혀 흙바닥이 반질반질했다.

가마솥 하나와 작은 양은솥 하나로 밥과 국을 끓였다. 가마솥에서는 밥을 하고 범벅을 끓였다. 찰밥 팥죽도 했다. 말끔히 씻어내고 콩이나 깨도 볶았다. 제사에 쓰일 떡을 하려고 콩고물로 쓸 콩을 볶는데, 덜 볶으면 가루가 하얗다. 고소하게 먹으려고 콩을 달달 볶다가 껍질을 태우기도 했다.

볶은 콩을 디딜방아에 넣고 찧고 채로 치면 가루를 곱게 내어 떡고물을 썼다. 떡고물을 하고 남으면 어머니는 부뚜막에 쥐가 다닌다고 큰 통에 담아 둔다. 나는 밥 먹을 적에 콩고물을 한 숟가락씩 떠서 밥에 섞었다. 손으로 뭉치거나 숟가락으로 눌러서 먹다가 목이 막혀 마른기침을 하기도 했다. 콩고물이 달고 고소해서 다른 반찬이 없이도 먹었다.

여름이면 어머니는 들일 갈 적에 콩고물에 밥을 비며 먹는다. 식은 밥을 맨손으로 통에 넣고 고물을 묻혀서 주먹밥을 쥐어 먹느라 손이며 입이며 옷이며 가루를 잔뜩 묻혔다. 어머니가 쑥떡을 찍어 먹으라고 보낸 콩가루에 밥을 묻혀 먹으니, 어린 날 먹던 맛이 나지 않는다. 어린 날에는 방앗간에서 볶지 않았다. 깊은 골짜기에 사니깐 길이 안 좋아 찻길이 없었다.

부뚜막에 다리를 걸터앉아 매운 김을 마시며 나무주걱하고 술래하면서 타지 않으려고 콩콩 튀던 콩알이 불을 만나 가루가 되다니. 콩은 제 몸을 찧고서야 고운 가루를 내놓아서 콩밥보다 가루가 고소할는지 모른다.

ㅌ

타래붓꽃, 탈탈이(경운기), 탱자

타래붓꽃

어린 날에 본 타래붓꽃은 범부채 풀잎보다 좁고 길쭉하다. 빛깔이 푸르고 속대를 뽑으면 원추리 밑둥처럼 옅은 풀빛이다. 가느다란 풀잎 속대를 뽑고 속대 하나를 더 빼낸다. 속대를 빼면 풀잎 속이 비고 속대가 빠지면서 이파리 끝은 늘어진 옷처럼 구불구불하고 보드랍고 얇다. 아랫입술에 살짝 얹고 후 하고 바람을 불어 넣으면 붙은 풀 틈으로 바람이 들어가 곱게 풀피리 소리가 울린다.

풀피리 소리가 맑고 재밌어 강아지풀잎도 따다 불고, 잎이 넓은 풀잎을 따다가 불었다. 그 가운데 가장 고운 소리를 내는 풀피리는 타래붓꽃이었다. 타래붓꽃은 오빳골 오르막 길가에 한군데 뭉쳐 자랐다. 지름길 길섶에 무덤이 있어 무섭지만, 둘레에는 먹는 풀이 많고 놀이할 질긴 풀도 많고 노래를 배울 가락틀(악기) 같은 풀이 자라는 곳이다. 흙이 파여도 그곳에 자라는 풀은 늘 우리 눈길을 끌려고 애썼다.

겹겹이 있는 잎을 뽑았다. 입을 살짝 벌리고 바람을 불어넣으면 고운 소리로 풀피리가 되어 주었다. 소리가 얼마나 고운지 풀잎이 하늘거리며 부딪치며 바람에 떨리듯 울린다. 바람이 긴 풀대에 뽑히면서 소리를 울린다. 피리를 막 불다가, 이 풀피리로 소릿길(음계)을 하나씩 짚고 〈고향의 봄〉을 불었다.

입바람에 간지러워 웃는 소리일까. 내 입에 닿아 몸속 기운을 소리낼까. 풀하고 나하고 함께 부는 피리. 타래붓꽃은 노래 부르는 풀.

탈탈이(경운기)

길에서 경운기를 만나면 기뻤다. 십 리 길을 걸어서 배움터에 다녔다. 오빠들은 버스 창문에 매달리다가 떨어져 머리를 깨거나 무릎이 크게 깨진다. 경운기를 만나면 왼쪽 오른쪽 가운데 자리를 두고 서로 맡는다. 나는 늘 왼쪽을 맡는다.

삼 학년 때 경운기에 매달리다가 팔힘이 빠져서 발을 내리다가 돌부리를 밟고 서면서 엎어졌다. 무릎이 돌에 찍혀 피가 맺히고 팔꿈치를 갈았다. 어머니가 상어 이빨이라고 길쭉한 뼈를 긁어서 다친 자리에 가루를 뿌려준다. 딱지가 앉고 가려워 긁으면 짓무르고 고름이 생긴다.

그래도 경운기를 만나면 또 탄다. 처음 탈 적에는 몸을 오그리다가 자꾸 타면서 몸을 뒤로 젖히고 팔을 쭉 뻗는다. 경운기가 털털 돌길을 지나가면 우리도 덜컹 몸이 따라 털털하고 웃음소리도 떤다. 경운기 소리가 시끄러운데 아저씨는 우리가 탄 줄을 알까. 조금이라도 매달려 온 날은 뭔가 뿌듯하다.

어느 날 트럭이 한 대 지나갔다. 너무 타고 싶었다. 먼지를 날리며 달리는 트럭을 보면서 나는 생각을 많이 했다. 내가 커서 트럭에 문을 달고 방을 꾸미고 계단을 세 칸 달아 움직이는 차를 꼭 타고 다닌다고 다짐했다. 내가 한 말대로 차는 몰았다. 마흔 해 지난 생각인데 그때 본 적도 들은 적도 없는 내가 그린 차는 캠핑카이다.

탱자

올해는 탱자나무가 열매 맺기를 건너뛰려나. 한 그루에 하나만 작게 달렸다. 귤은 껍질도 쉽게 까고 새콤달콤해서 먹는 사람이 많지만 탱자를 먹는 사람은 못 봤다.

장골 가파른 멧골 아랫집에 탱자나무가 울타리로 빽빽하다. 바위 언덕에 옥이네만 사는데 뒤뜰을 탱자나무로 심었을까. 멧돼지가 내려오는지 모른다. 노랗게 익으면 바닥에 혼자 뒹구는 탱자를 가시 틈으로 줍느라 손등이 꾹 찍히기 일쑤이다. 한 입 깨물다가 쓴맛에 이내 뱉는다. 어릴 적에 주워서 베어물고서야 탱자는 먹기 힘들구나 하고 알았다. 그러나 탱자 쥔 손이 향긋해서 몇을 따거나 줍는다.

댓돌 바닥에 가볍게 떨구면 조금 올라왔다가 내려가면서 통통거린다. 공놀이를 하고 때론 약으로 썼다. 열두 살 적에 온몸에 두드러기가 났다. 몸을 긁었더니 얼굴만 빼고 온몸 살결이 울퉁불퉁 올라왔다. 이불을 다 덮어쓰고 누웠다. 이불도 무겁고 안도 컴컴해서 숨이 막혔다. 무릎 꿇고 엎드려 이불 끝을 살짝 들어 밝은 틈으로 밖을 빼꼼히 내다보고 숨도 크게 쉬었다.

두드러기는 빛을 보면 더 벙긋하게 일어났다. 오빠가 탱자를 찾아서 왔다. 어머니는 탱자를 반을 가르고서 온몸에 발랐다. 씨앗이 몸에 붙고 알갱이가 덕지덕지 붙는데 시원하다. 그대로 한숨을 자고 이불 밖으로 나와 몸을 돌아보니 다 가라앉았다.

  그러고 보면, 어린 날 탱자는 두드러기를 가라앉힐 적에 알뜰히 썼다. 줄기에 가시가 굵어 멧짐승이 집에 섣불리 다가오지 못하게 가려 주는 울타리요, 향긋하게 퍼지는 냄새로 마음을 가라앉히는 동무요, 통통 가볍게 튀기거나 조물거리면서 쥐는 놀잇감이요. 두드러기를 앓을 적에 몸을 달래 주는 살림이었다.

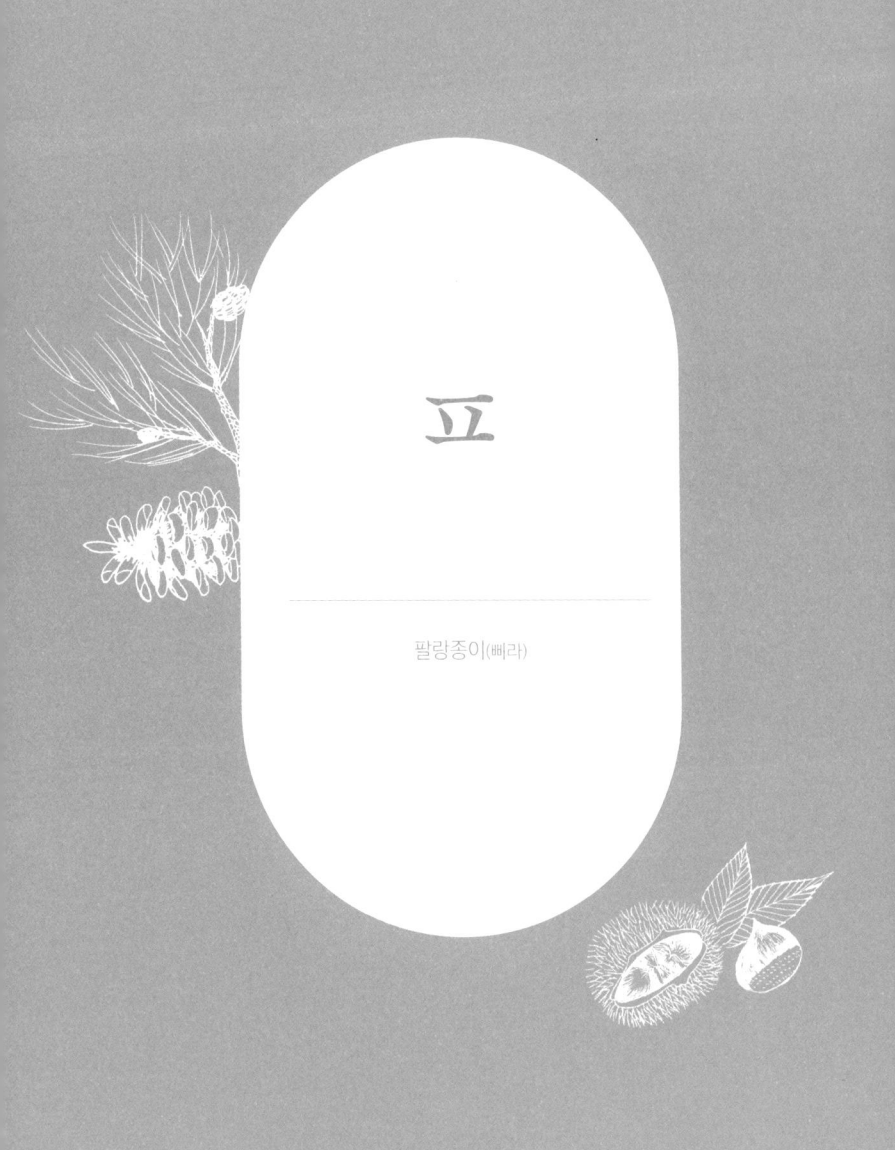

ㅍ

팔랑종이(삐라)

팔랑종이(삐라)

어린 날에 소먹이러 가면 하는 일이 하나 있었다. 숲을 뒤지며 삐라를 찾는다. 나는 재 너머 숲에서 하나를 주웠다. 마을 언니오빠는 몇 씩 줍던데 내 눈에는 삐라가 잘 안 보인다.

그때 숲은 요즘 숲과 달리 나무가 어렸다. 솔잎에 꽂히기도 하고 비에 젖었다가 마른 구겨진 종이는 풀밭에 드러났다. 내가 주운 삐라는 종이돈 크기로 흑백 그림과 글씨가 적힌 듯도 하고 빨간빛이 적혔는지 잘 떠오르지 않는다.

소먹이러 갔다가 숲속에서 보물찾듯 삐라를 찾아 다녔다. 배움터에 갖고 가면 선생님이 공책이나 연필을 주었다. 그렇지만 삐라가 무엇인지 잘 몰랐다. 삐라를 보면 간첩이 가까이 사는 줄로 알고 떨었지만, 무엇 때문에 뿌리는지도 몰랐다. 알려고도 하지 않았다.

북쪽에서 풍선에 넣어 멀리 왔거나 비행기로 뿌렸기에 산에 많았지 싶다. 그저 배움터에서 주워 오면 상을 준다니깐 하나 더 받으려고 숲을 뒤지지만, 북쪽을 알리는 글이지 싶다.

　　바람은 나쁜 일도 씩씩히 한다. 돌개바람으로 바다를 건드리기도 하고 비를 몰아치기도 하더니 북쪽 풍선을 도와 우리 마을까지 보내고도 때론 숨죽이고 살랑이며 사람들한테 살갑게 구는 듯하다. 바람도 피바람이 불던 싸움을 쉽게 떨치지 못하는 듯싶다.

ㅎ

호미, 호박꽃, 홍시, 환삼덩굴, 흙

호미

댓돌에 놓은 호미 한 자루를 본다. 흙이 묻은 호미가 날카롭다. 풀을 휙 긁기만 해도 그대로 잘릴 듯하다. 어린 날 갖고 놀던 호미와 닮았다.

아버지 호미와 어머니 호미가 달랐다. 아버지 호미는 크고 끝이 뾰족하고 쇠가 검다. 어머니는 아버지가 쓰던 호미를 그대로 쓰기도 하지만 작은 호미를 쓴다. 나는 어머니가 쓰던 많이 닳아 뭉텅한 호미를 쓴다. 온집안이 호미를 하나씩 맡아 마늘을 캤다. 대를 하나씩 잡고 뿌리를 콕 내리찍으면 뽑힌다.

마늘에 호미가 찍혀 반 잘리기도 하고 대만 떨어지기도 한다. 호미가 뭉텅하고 작아 깊이 파지 못하니, 돕다가 마늘만 망친다. 그래도 우리는 엎드려 마늘을 캤다. 흙을 쪼다가 흙에 들리지 않아 나무 손잡이가 빠지면서 뒤로 넘어지기도 한다. 다시 나무 손잡이에 쇠를 끼우고 돌에 탁탁 치면 잘 들어간다. 한두 번 빠지면 나무 손잡이에 끼워도 흔들거린다.

호미로 감자도 캐고 고구마도 캤다. 감자를 쪼고 고구마도 부러진다. 어쩌다가 김(풀)을 매지만 어머니 아버지가 워낙 쉬지 않고 일을 하여 다른 집 아이들에 대면 밭매기는 흉내만 냈다.

호미로 이랑 흙을 긁으면 사근사근 마른 흙이 깎이고 작은 돌이 호미끝을 치는 소리가 사각사각 난다. 잔돌을 긁으니 호미가 닳아 뭉텅하다.

　내가 본 댓돌에 놓인 호미는 꽃밭에서 풀을 매는 호미로 손잡이가 작고 가늘다. 호미를 바라보는 동안 내 귀에는 돌하고 부딪치며 밭매는 소리가 들린다. 흙하고 돌이 신나게 노래한다. 손잡이와 손은 호미하고 가장 가까운 자리에서 노래를 듣는다. 내가 밭을 매니 흙이 더 시원하게 매라고 노래를 부르지 싶다.

　호미가 닳도록 땅을 긁듯이 어머니 아버지도 손이 닳도록 호미질을 했다. 나는 어릴 적에 만진 호미하고 괭이가 좋을까. 한 뼘 되는 호미와 한 뼘이 조금 넘는 작은 괭이를 쓰고, 가끔 멧길을 갈 적에 넣어 가기도 한다.

호박꽃

호박꽃이 떨어지고 호박이 둥글게 여문다. 어머니는 호박씨는 곡식을 심는 밭에 뿌리지 않고 밭둑에 심었다. 풀을 뽑고 씨앗이나 어린싹을 심고 물을 준 뒤 동그랗게 비닐을 씌웠다. 싹이 자라서 비닐을 걷어내면 밭둑으로 덩굴이 뻗는다. 잎이 우거지고 줄기에 까칠한 털이 있다.

밭일 들일 하고 어린 호박을 따왔다. 호박은 누렇게 익을 때까지 따 먹는다. 어린 호박일수록 겉이 매끈하고 속에 씨가 여물지 않아 볶고 찌개로 끓였다. 수제비하고 국수에도 호박을 넣었다. 어머니 아버지는 호박국을 맛있게 먹는데 나는 호박국이 맛이 없었다.

하나씩 따먹어도 누런 호박이 많아 아버지는 지게에 짊어지고 온다. 누런 호박은 윗목 구석에 두었다. 호박은 자리를 옮기면 썩는다고 한자리에 쌓아 놓고 하나씩 긁는다. 아버지가 납작한 쇠를 주름잡아 긁개를 만들어 주면 어머니하고 나는 호박을 긁었다. 호박씨는 걷어서 종이에 넣고 물컹한 털을 숟가락으로 긁어낸 다음 긁개로 긁는다. 날카로운 긁개 구멍으로 호박이 길쭉하게 쭉쭉 나왔다. 무를 채 썰어 놓은 듯 쌓였다.

어머니는 밀가루를 반죽해서 호박을 섞어 부침을 해주었다. 노릇하게 익으면 달콤했다. 어머니는 남은 호박을 가마솥에 넣어 삶고 저어서 밀가루를 풀고 고구마를 넣고 강낭콩을 넣어 범벅을 했다. 어머니 아버지는 범벅도 맛있게 잘 드신다. 그렇지만 나는 덩어리진 호박이 싫어서 골라내고 먹었다.

어른이 되니 어머니처럼 호박죽을 쑨다. 호박을 갈고 밀가루 아닌 찹쌀가루를 넣고 콩 아닌 팥을 넣고 설탕과 소금으로 간을 맞추었다. 내가 쑨 호박죽은 어머니가 쑨 호박죽보다 맛이 낫다. 싫어하던 호박이 좋다니. 입맛이란 얄궂다. 호박꽃에 나비도 앉고 노랑빛도 예쁘기만 한데 뭇사람은 "호박꽃도 꽃이가?" 하며 꺼린다. 잎을 한 겹 벗기고 쪄서 끓인 된장으로 쌈을 먹고 더울 때와 추울 적에 우리 배를 불려 주고도 못난이 소리만 듣네. 꽃이 커서 그라나. 납작하고 예쁘게 잘 익은 호박도 있는데, 울퉁불퉁하게 익은 겉모습 때문에 못난이로 살아가는 마음은 어떨까. 호박꽃아, 온누리에는 예쁘지 않은 꽃이란 없단다. 마음 풀자구나.

홍시

비슬산에 오르니 바람이 차다. 10도로 기온이 뚝 떨어진다. 입춘이 지났다고 곁님은 얇은 바지를 입고 오더니 덜덜 떤다. 참꽃 필 적에 가기로하고 돌아선다. 건너쪽 꼭대기에 오른다. 맵찬 바람을 막고 볕이 든 알림말이 선 바위에 퍼질러 앉아 새참으로 말랑감을 꺼낸다.

햇빛에 반짝하는 감이 달다. 그래도 어린 날 먹던 우리 집 감이 더달다. 금성산 밑에 마을이 들어서고 멧턱 밭에 감나무가 자란다. 이슬이맞지 않을 적에 땡감을 따낸다. 서리가 내린 뒤에도 말랑감을 딴다.

아버지는 장대를 비틀어 가지를 꺾었다. 꼭대기가 높아서 장대가 닿지 않으면 까치밥으로 두었다. 밭 위아래에 두 가지 감나무가 있다. 한 그루는 찬감, 밑에 또 한 그루는 도감이다. 찬감은 납작하고 말랑말랑하고껍질이 얇고 발갛고 도감은 불퉁감처럼 뾰족하고 껍질이 두껍다.

찬감은 달고 씨가 없다. 도감도 씨앗은 없지만, 씨앗 닮은 속살이 있어 타박타박하고 뽀드득 알갱이로 씹힌다. 아부지가 그 먼 곳에서 따다놓은 홍시를 아랫방에 두고 겨울에 온집안이 먹는데, 작은오빠하고 나하고 몰래 많이 꺼내 먹었다.

배추 뿌리나 날고구마를 먹다가 말랑하고 달달한 붉은감에, 떫거나 터지거나 곰팡이 피지 않은 잘 익은 말랑감만 골라 먹는 재미가 솔솔하다. 비슬산에는 참꽃이 많던데 까치밥이 될까.

환삼덩굴

환삼덩굴이 개나리 틈으로 올라와 가지를 친친 감았다. 개나리 울타리인지 풀밭인지 헷갈릴 만큼 덮었다. 잎은 손바닥을 펼쳐 놓은 듯하고 매끈한데 줄기는 솜털 가시가 송송 박혔다. 어린 날에 이 덩굴에 발목이 걸리고 맨다리가 긁혀 발갛게 자국났다. 가는 줄기가 질겨서 긁힌 자국이 손톱에 긁힌 듯 날카롭고 따가웠다.

그래도 마땅히 바를 약이 없어 버티었다. 찬물에 닿으면 더 따갑고 며칠 지나면 검붉게 딱지가 앉는다. 딱지가 떨어지려고 일어나면 그 밑 새살은 바알간 빛이 돌았다.

환삼덩굴은 밭둑 논둑 산에 풀밭처럼 퍼졌다. 덤불은 잔디나 고구마처럼 뿌리가 서로 이은 띠풀로 땅을 물고 퍼져나가 문어발처럼 딱 붙었다. 어머니는 대기미 밭둑에 덤불이 번져 길까지 확 퍼진 포기 갈래가 스물이 넘어도 뿌리 하나를 찾아 낫으로 똑 잘랐다. 그런 다음 풀을 둘둘 말아 힘주어 뒤로 젖히면 땅을 쥐던 환삼덩굴이 한덩어리로 뒤집힌다. 뒤집힌 자리는 풀이 홀라당 벗겨져 맨땅이 훤하게 드러났다.

　환삼덩굴은 어머니 아버지한테는 골칫거리이다. 풀이 너무 잘 자라고 나면 풀이 뒤덮고 또 덩굴 뿌리를 찾아 걷어야 했다. 밭고랑을 갈아엎고 땅을 보드랍게 해서 씨앗을 뿌리는 바쁜 손길을 닿게 하는 덩굴은 달갑잖다. 환삼덩굴은 풀을 뒤덮고 어디까지 뻗어 가고 싶었을까. 질긴 줄기로 무엇을 하려는 생각일까. 우리 팔다리를 발갛게 긁고서 무엇을 말하고 싶었을까.

　풀도 저마다 돋는 까닭이 있을 텐데, 산에 들에 묵힌 자리만 비집고 올라와 다른 풀꽃나무를 숨길까. 우리를 따갑게 하면서 이렇게 아프면 먹으라고 알리고 싶었을까.

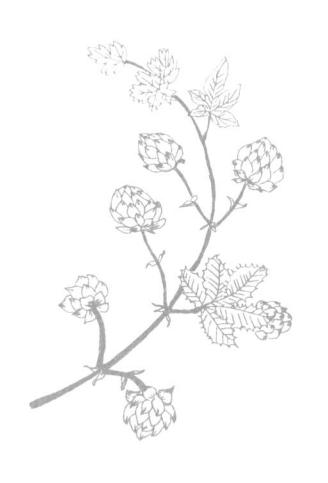

흙

길섶 흙이 자로 잰 듯 반듯하게 잘렸다. 흙에 스며든 물이 이 틈을 타고 흘러내리고, 푸르스름하게 이끼가 자란다. 조금 더 오르니 돌이 잘렸다. 돌 틈에 있는 흙을 지팡이로 살짝 찔러 보았다. 겹겹 쌓인 얇은 돌이 우르르 굴러떨어진다. 흙길로 더 오르자 신발에 흙이 덕지덕지 붙어 무겁다. 갓길에는 웅덩이가 파이고 흙이 미끄럽다.

흙이 빗물에 씻기니 어떤 흙인지 드러난다. 어린 날 흙을 캐러 다녔다. 우리 마을은 내를 끼어 목골로 이어지는 끝집까지 작은다리가 일곱이나 있다. 마을 언저리에 첫 다리를 잇는 산 한쪽이 반듯하게 잘려나갔다. 길을 낸다면서 등성이를 깎았지 싶다. 내 키보다 높고 흙담이 울퉁불퉁하다. 담흙이 패어 물길이 굵직하게 흐른다. 맑은 날에는 흙이 말라 단단하고 비를 맞으면 어떤 자리는 흙이 잿빛이 돈다. 찰흙이다.

동무들하고 서로 캐려고 가파른 흙벽에 올라간다. 잿빛 물이 흐르는 자리를 맨손으로 둘레를 긁으며 흙을 후벼판다. 매끄러운 찰흙을 뜨고 깊은 자리에는 뾰족한 돌로 둘레를 긁어내고 또 캔다. 흙담에 구멍이 송송 난다. 둘씩 셋씩 뭉치를 비닐에 싸서 마르지 않게 그늘에 둔다. 심심할 적에 손에 물을 묻혀 미끄러운 흙을 이 손 저 손 옮기며 손가락 틈으로 미끄럼을 태운다. 사람도 빚는다.

준비물이 있는 날이면 흙을 캐서 갖고 가면 문구점에서 사지 않아도 된다. 찰흙이 그곳에만 있는 줄은 어떻게 알았을까. 언제부터 그 자리에 있었을까. 마을 어른들은 집짓기를 할 적에 붉은 흙에 짚을 섞어서 틀에 삽으로 퍼담아 네모난 흙벽돌을 찍던데 붉은 흙은 또 어떻게 찾았을까.

멧자락에 쌓인 터전에서 땅을 일구어 흙을 짓는 일을 해서 척척 알아냈을까. 나는 흙만 보면 마음이 들뜨고 까닭 없이 좋은데, 흙을 가만히 쓰다듬다 보면 어느새 마음이 새삼스레 가라앉는다. 흙집에서 살고 흙하고 놀았던 어린 날 몸짓 때문일까.

맺음말

나를 키워 준 시골 풀꽃나무

저는 1968년 경북 의성군 사곡면 상전리에서 태어났습니다. 1987년까지 시골에서 학교를 다니다가 1989년부터 경북 안동 어느 금융기관에서 일자리를 얻었습니다. 이곳에서 2000년까지 일했고, 셋째를 낳고 세 해를 아이를 돌보면서 보냈고, 뒤늦게 대학교에 들어가 여섯 해 만에 마쳤습니다. 2008년부터 2012년까지 시청 계약직으로 일자리를 얻었다가 그만두고서 곁님하고 대구로 건너왔습니다. 대구에는 아는 이웃이 없는데, 조촐하게 가게를 열어서 어느덧 열 해 넘게 꾸려 나갑니다. 거의 집하고 일터만 오가는 대구살이를 하다가 문득 '책'하고 '글'을 만났습니다.

'쉰 줄이 넘은 아줌마가 글을 써도 될까? 요새는 쉰 줄이 늙은 나이는 아닐 테지만, 흔하디흔한 아줌마가 쓰는 글을 누가 읽을까?' 하고 걱정스러웠지만, 그래도 오늘까지 살아온 이야기를 글로 옮기고 싶었습니다. 아니, 글을 쓰고 싶다는 생각보다 아들인 셋째를 낳고 나서 맞벌이를 그만두고 오로지 아이한테 마음을 써야 하는 나날을 맞이하고서 삶을 되돌아볼 틈이 났다고 해야 맞습니다. 딸인 첫째하고 둘째는 시골집

어버이한테 맡기고 돈을 버는 살림을 꾸렸는데, 막상 셋째는 시골집 어버이한테 맡기지 못하고 떠맡듯이 돌봐야 하는 나날을 보내면서 '나하고 사회하고 뚝 끊어졌다'고 느꼈고 답답했습니다. 집에서 엄마 노릇도 제대로 못하는구나 싶은데, 바깥은 어떻게 돌아가는지 영 몰랐습니다.

이러다가 누구보다 셋째한테 '엄마가 살아온 어릴 적 시골 이야기'를 느끼도록 들려주고 싶었어요. 아이들하고 시골집에 가면 아이들은 들일하고 밭일을 마치 놀이처럼 도와요. 흙을 만지고 감자를 캐고 고추를 따고 콩알을 까고 벼바심을 하는 일을 무척 신나 해요. 이때까지는 제가 태어나고 자란 경북 의성 사곡면 상전리라고 하는 시골에서 보낸 나날이 얼마나 값지고 아름다웠는가를 제대로 몰랐어요.

맞벌이를 멈추고 그냥 아이 엄마로서 세살박이 셋째를 무릎에 앉히고 책을 읽어 주었어요. 하루에 서른 권을 읽은 날도 있어요. 목이 쉬어도 그냥 읽었어요. 도서관에서도 빌리고 이웃집에서도 빌렸는데, 처음에는 아이한테 읽힐 책만 빌리다가, 어느 날부터 내가 읽고 싶은 책도 빌렸어요.

이렇게 아이하고 열 살까지 오롯이 지내고 책을 함께 읽다가 다시 돈을 버는 일로 나섰어요. 다시 일터로 나가니 갑자기 숨통이 트인 듯 마음이 가벼웠어요. 그리고 이렇게 숨통이 트고 마음이 가벼우면서 내가 어릴 적에 보낸 하루를 우리 아이들한테 고루 물려줄 수 있도록 글을 쓰자고 생각했어요. 어떻게 하면 글을 쓸 수 있나 싶어 틈틈이 여기저기 기웃거렸어요.

글을 쓰기 앞서까지 잊거나 미처 몰랐던 일이 많아요. 저는 어릴 적에 몸이 여렸어요. 걸음마를 하던 무렵 약방에서 지어 준 약을 먹고 울음을 그쳤지만, 그 뒤로 몸이 매우 힘들었어요. 여린 몸으로 어린 날을 보내면서 앞날을 그리는 마음보다는, 죽음이라는 수렁에 나를 자꾸 구겨넣고서 작아지기만 했어요.

그런데 글을 쓰자니 뭘 써야 할는지 모르겠고, 글쓰기를 가르친다는 강좌에서는 멋있게 보이는 글을 쓰라고 해요. 여러 가지 꾸밈말(미사여구)을 넣으라고 해요. 어쩐지 마음에 맞지는 않지만, 꾹 참고서 강좌를 듣다가 그만두었어요. 저하고는 도무지 안 맞는 글 같았어요.

이러다가 풀꽃나무라고 하는 글감을 찾았어요. 일자리를 다니면서 틈이 나는 대로 산을 오르는데, 아줌마가 되어 산을 오르내리다 보니 어릴 적에 보던 풀하고 꽃하고 나무가 새롭게 보여요. 어릴 적에는 대수롭지 않게 지나치던 풀꽃나무가 이제는 그냥 보이지 않아요. 작은 풀꽃하고 커다란 나무를 다시 볼 적마다 어머니 아버지가 떠오르고, 할아버지도 생각나요.

우리 아이들은 할머니 할아버지 시골집을 조금 맛보기는 했지만, 시골에 살아 보지는 않았어요. 아마 요즘은 시골에서 사는 사람도 적겠지요. 제가 태어나고 자란 멧골짝 같은 시골에서 태어나 자라는 아이도 드물겠지요.

오늘이라고 하는 나를 키워 준 시골이라는 곳을 풀과 꽃과 나무라는 이름으로 다시 읽어 보려고 했어요. 글을 이렇게 써도 되는가는 모르겠지만, 그냥 어릴 적에 느낀 마음을 글로 옮기려고 했어요. 내가 살던 집과 들과 멧골을 낀 마을은 어린 내가 본 온누리였고, 별과 같았어요. 눈을 감으면 선하게 떠오르는 어린 날 해와 별과 달과 구름과 바람과 비는 여린 몸으로 태어난 나를 살려준 숨결이로구나 싶어, 이런 얘기를 글로 옮겨 보려고 했어요. 고맙습니다.

풀꽃나무하고 놀던 나날
초판 1쇄 발행 | 2022년 12월 13일

글	숲하루 (김정화)
펴낸이	이정하
그림	아일다
디자인	정연경

펴낸곳	스토리닷
주소	서울시 서초구 방배동 934-3 203호
전화	010-8936-6618
팩스	0505-116-6618
ISBN	979-11-88613-28-1 (03810)

홈페이지	blog.naver.com/storydot
SNS	www.facebook.com/storydot12
전자우편	storydot@naver.com
출판등록	2013. 09. 12 제2013-000162

이 도서는 2022년도 한국문화예술위원회
아르코문학창작기금(발간지원) 사업에 선정되어 발간되었습니다.